जंगल गाथा

जंगल गाथा

नमिता सिंह

वाणी प्रकाशन

वाणी प्रकाशन

4695, 21-ए, दरियागंज, नयी दिल्ली 110 002

शाखा

अशोक राजपथ, पटना 800 004

फ़ोन: +91 11 23273167 फ़ैक्स: +91 11 23275710

www.vaniprakashan.in

vaniprakashan@gmail.com

JANGAL GATHA

by Namita Singh

ISBN : 81-7055-247-8

Stories

संस्करण 1994

आवृत्ति 2012

मूल्य : ₹ 125

मेहरा ऑफ़सेट, नयी दिल्ली-110002 में मुद्रित

वाणी प्रकाशन का लोगो मक़बूल फ़िदा हुसेन की कूची से

प्रेरणा स्रोत
कविवर सुमित्रानंदन पंत
की स्मृति में सादर समर्पित

क्रम

जंगल गाथा / 9
बन्तो / 36
मक्का की रोटी / 53
सांड़ / 65
उबारने वाले हाथ / 78
गणित / 91
मूषक / 103
गलत नम्बर का जूता / 109
चाँदनी के फूल / 125
नतीजा / 131

जंगल गाथा

जंगल गाथा

गाँव की बस्ती में इन दिनों बघेश्वर देवता का आतंक छाया हुआ है। जंगल के किस कोने से यह दुर्दान्त निकल आया है? यूँ इसे अब तक देखा किसी ने नहीं है।

इस तलिया टोला की अच्छी भली आबादी है। मकान अलबत्ता अलग-अलग हैं लेकिन पूरा टोला एक परिवार जैसा है। बागड़ों से घिरे छप्पर छायेबांस के बने मकान—ज्यादातर ऊँचे टीले पर हैं। गाँव से बाहर थोड़ी दूर पर एक बड़ा-सा ताल है।

टीले पर खड़े होकर नजर डालो तो दूर···बहुत दूर, ऊँचे पहाड़ों की मटमैली परछाइँ दीखती है। रातमाई रोज इस मटमैले धुंधले ढेर के पीछे से बस्ती में आती है और टोले के लोगों को अपने काले आँचल में छिपा लेती है। रक्षा करती है सबकी। फिर जब सूरज देवता आता है तो काली चादर उठ जाती है और रातमाई गायब हो जाती है, उन्हीं मटमैली परछाइयों के पीछे।

मैदानों की गोद में, झांकते हुए पहाड़ों की पथरीली आंखों और बस्ती के बीच पहरेदार जैसा खड़ा है यह जंगल। साल के वृक्षों से भरा, दूर तक पसरा। इस घने जंगल में बनजारिन माई रहती है। दौड़ती है···खेलती है···उसके रहते कोई डर नहीं होता जंगल में। बस्ती का हर आदमी जो जंगल से गुजरता है पहले एक पत्थर चढ़ाता है माई को। वह रक्षा करती है सबकी। जानवरों से किसी भी विपत्ति से। जंगल के किनारे लगा बड़ा-सा ढेर इन्हीं पत्थरों का है। छोटे-बड़े अनगिनत पत्थर।

जंगल तो टोले वालों का रोज का साथी है। इसीलिए समझ नहीं

आता कि बाघ आया किधर से ? सूरज निकलने के बाद खूब चहल-पहल हो जाती है । ऐसी भरी पूरी जगह से अचानक बिसातू का छोटा लड़का गायब हो गया ।

सूरज सर पर चढ़ने से पहले ही वह गाय भैंसों को लेकर जंगल के अन्दर निकल गया था । कुछ और बच्चे भी साथ थे । दोपहर बीतने पर और बच्चे तो वापस आ गये— मवेशी भी इधर-उधर डोलते-भटकते मिले लेकिन छोटा नहीं दिखा । सारी बस्ती खोजती रही— जंगल का हर कोना छान लिया लेकिन सब बेकार ।

तीन दिन बाद जहाँ जंगल खत्म होने लगता है, वहाँ छोटे का कुछ बचा-खुचा अवशेष दिखाई दिया । पहचान उसकी वहाँ पड़े लाल पटके से हुई । ये लाल रंग का पटका कुछ दिन पहले उसका बाप हाट से लेकर आया था ।

जिसने भी सुना—सन्न रह गया । जंगल तो है—घना है और दूर तक फैला भी है लेकिन ऐसा भयानक और हत्यारा तो नहीं कि बस्ती के लोगों को लील जाय । कौन देवता रिसा गया ? क्या भूल-चूक हो गई ? पिछली साल धान की कटाई के समय खूब धूमधाम से टोले वालों ने नवा पर्व मनाया था । सब देवी-देवताओं को होम-धूप दी थी । जंगल के बाघ, भालू सभी को हिस्सा चढ़ाया गया था । प्रार्थना के स्वर मांदर की थाप के साथ जंगल के कोने-कोने में फैल गये थे ।

जंगल का बाघेश्वर देवता क्या संतुष्ट नहीं हुआ ? क्या कमी रह गयी पूजा भेंट में ?

गुनिया कहता है कि कुछ दिनों से रात में सेंहा पक्षी शौ ''शौ'' शौ '''शौ ' चीखता हुआ उड़ रहा था टीले के चारों ओर । परिकम्मा कर रहा था । घोर अपशकुन । कुछ तो अनर्थ होना ही था ।

हा ! जंगल देवी । काहे को रिसा गई । एक ढेर पत्थरों का और चढ़ायेगा टोले का हर आदमी ''आखिर जंगल से डर कर कैसे रहा जा सकता है ।

बस्ती से आगे लगभग पाँच मील तक फैला यह जंगल इंगलिसिया कोठी पर जाकर खत्म हो जाता है । सच कहा जाय तो यह जंगल,

कोठी का ही एक हिस्सा लगता है। सदियों पुराने, धूप तपे यहाँ के वासियों को बाहर की भरी-पूरी विशाल दुनिया से अलग-थलग कर एक कोने में दुबका दिया है इस जंगल ने। दूर क्षितिज पर अंकित धुंधलाये पहाड़ों की तलहटी में फैले जंगल को भले ही टोला बस्तियों के लोग सदियों से अपना कहते रहे हैं लेकिन जंगल वास्तव में अब इंगलिसिया कोठी के अस्तित्व का एक जरूरी हिस्सा है। कोठी के भीतर की धड़कन है। वहाँ के बड़े साहब बहादुर की जिन्दगी से अटूट रूप से जुड़ गया है यह जंगल।

इंगलिसिया कोठी के मालिक वीरभद्र बहादुर चाहते तो ये जंगल साफ करवा लेते। हाँ! करवा सकते थे। यहाँ तो उन्हीं का राज चलता है। आजकल के जमाने में इतनी जगह? दो-तीन गाँव बस जायें इतने में तो। ये जंगली टोले वाले क्या जानें खेती करना। आग लगा-लगाकर जंगल साफ करते हैं और तब धरती माई की छाती पर बीज बिखेरते हैं। माई जितना मर्जी होगी, वापस दे देगी लेकिन इसके लिए धरती माई की छाती नहीं रौंदेंगे। हल चलाकर माई की देह नहीं दुखायेंगे। पूरी जुताई पिराई के साथ ढंग से खेती होती तो लाखों रुपये साल के मिलते। नहीं तो फैक्टरी लगा सकते थे। साल के इस जंगल की जगह एक नया सीमेंट कंक्रीट का जंगल पैदा कर सकते थे साहब बहादुर। तब जानवरों की जगह चिमनियाँ होतीं। चिड़ियों की चट्र-चट्र तथा पेड़ों और पत्तों की सरर्-सरर् की जगह काला-भूरा धुआं होता··· चारों ओर फैलता-बिखरता। दूर दीखते धुंधले पहाड़ धुएँ के गुबार में हमेशा-हमेशा के लिये खो जाते। मशीनों की धरड़-धरड़ का शोर यहाँ की जिन्दगी की धड़कन बन जाती और इस शोर में मांदर की थाप और चुटकियों की लय समा जाती हमेशा के लिये। और तब ··ये सदियों पुराने, जंगल में रहने वाले लोग शहराती बन जाते। बाहर की दुनिया के चमकते सूरज की तेज रोशनी में चकाचौंध हो नये रास्ते तलाश करते। या फिर, बिखर जाते इधर-उधर, तेज आँधी में उड़े नामालूम तिनकों की तरह।

लेकिन···साहब बहादुर की सनक। जंगल साहब बहादुर की जान है। वे इस जंगल के राजा हैं। तब वे जंगल को कैसे खत्म कर देंगे।

अधूरे हैं इसके बिना वीरभद्र बहादुर।

परमू कहता है कि जंगल का बघेश्वर देवता तो खुद साहब बहादुर हैं। घने जंगल से घिरी अंग्रेजी के जमाने की इस विशाल कोठी में बाप-दादाओं के जमाने से रहते हुए खुद साहब के भीतर एक विशाल जंगल उग आया है। ये जंगल शाश्वत है जो कटता रहता है और नये जंगल उगते-फैलते जाते हैं, साहब बहादुर के भीतर—उनकी जिन्दगियों में। वीरभद्र साहब एक विशाल घना जंगल समेटे हैं अपने भीतर। साहब बहादुर निकल नहीं सकते इस जंगल से। परमू सब जानता है। साहब का आदमी है वह। बहुत मुँहलगा है इसलिए डरता नहीं वह उनसे। उनके जंगल से भी नहीं डरता।

यूँ तो तलिया टोले के लोग भी जंगल से नहीं डरते। जंगल तो उनका जीवन है लेकिन टोले के लोग साहब बहादुर से जरूर डरते हैं। उन्होंने देखा नहीं है साहब बहादुर को। वे जानते भी नहीं उन्हें। जिसे जानते बूझते नहीं—डरना तो उसी से होता है। सिर्फ परमू ही तो बताता है सबको साहब बहादुर के बारे में।

परमू की नजरों में साहब साक्षात् भगवान हैं। उजास रंग। दमकता चेहरा—जैसे तेज निकलता हो। परमू भी कम ज्ञानी नहीं। एक कथा कहता है—"ब्रह्मा ने अपने छाती के मैल से सृष्टि रची। पहले कागा बनाइस। फिर धरती बनाइस—और फिर बनाए जंगल के लोग। लेकिन साहब वहादुर को बनाइस चन्दा के उजास से। सूरज की लाली जैसा रंग बनाइस और बाल ओकर दिये झक् सफेद।" परमू ने अपनी जनम जिन्दगी ऐसी सुन्दर मूरत नहीं देखी। उम्र ढल गई तो क्या। देवता के चेहरे पर रत्ती भर फर्क नहीं। बड़े-बड़े लड़के। सब बाहर! अपना-अपना कारोबार देखते हैं। घर गृहस्थी संभालते हैं। साहब बहादुर अकेले रहते हैं इस बड़ी कोठी में। पहले का बहुत समय अंग्रेज साहबों की संगत में गुजरा था। अब न सही वह संगत। अपनी तरह की चलती आ रही जिन्दगी के आदी हैं वे। कहीं नहीं जा सकते ये कोठी छोड़कर। अकेले नहीं हैं वह। उनका अपना जंगल जो है। हर दम साथ रहता है।

बस्ती वालों की जिन्दगी भी जंगल में ही है। उनके बाप दादा ··

परदादा···सब वनदेवी की गोद में ही खेले-दौड़े-बड़े हुए। तलिया टोले का स्याना बिलमा बताता है कि भगवान ने पिरलय के बाद जब धरती बनाई तभी से एक जोड़ा टोली का मरद औरत को बनाया। जब से ही टोली के मरद औरत इस धरती को और धरती मैया की छाती पर छाये जंगल को भी संभाले हुए हैं।

इसीलिए टोले के लोग जंगल को अपना कहते हैं। जंगल नष्ट होगा तो टोला भी खत्म हो जायेगा। तलिया टोले जैसे कई ढेरों टोले—सब खत्म हो जायेंगे। बिलमा स्याना कहता है कि जंगल में हिरन, लोमड़ी, बन्दर दीखता है। भेड़िया, लकड़बग्गा दीखता है लेकिन ये बाघ किधर से आ गया। हे बनजारिन माई, रक्षा करो जंगल की···हे खैरा माई रक्षा करना टोले की।

टोले के मुकादम ने कहा है कि अंधियारा होने पर अपने टूरा-टूरी को बाहर मत निकलने दो। घर के अन्दर रखो। बागड़ पार करके बस्ती के बाहर नहीं निकलेगा कोई। लेकिन कितनी सावधानी रखें। बाहर तो निकलना ही पड़ता है। जंगल की तरफ भी जाना पड़ता है। जलावन की लकड़ी बीनने के लिए तो टूरा-टूरी ही जायेंगे। जिसके पास जानवर है वह भी जंगल में ले जायेगा। ये सब काम बच्चे ही करते हैं। फिर खेलने में अपना दाँव लेते-लेते बस्ती के बाहर भी निकल जाते हैं। ऐसे डर-डर करके कैसे जिया जायेगा।

सुरसत्ती ! वह नहीं डरती। जंगल से भी नहीं डरती। उसने अपने घर के पिछवाड़े हड्डी दबा रखी है। फिर उसे डरने की क्या जरूरत। लेकिन गुनिया कहता है कि कोई बुरी आत्मा टोले के उपर छा गयी है। अबकी फिर पूजा होगी। होम धूप दिया जायेगा। सूअर के गोश्त का प्रसाद चढ़ेगा। मंद बंटेगी। पूरा टोला इकट्ठा होगा। टोले के गुनिया, स्याने सब आयेंगे। मुकादम भी बैठेगा। ···अलाय···बलाय दूर हो···लोहे की कीलों में मंत्र पढ़ा जायेगा और कीलों से बस्ती की सीमा बाँध दी जायेगी। फिर बाघ नहीं आयेगा। कोई आत्मा भी आकर

नुकसान नहीं करेगी।

लेकिन सुरसत्ती के ऊपर कोई असर नहीं। हँसती है सुन कर और लम्बी सुडौल टांगों से बड़े-बड़े डग भरती दौड़ जाती है हिरन की तरह। जैसे काली हिरनी।

उस दिन की बात है। अपनी झोंपड़ी के पास ही झाड़ के नीचे बैठी थी, दोनों पैर फैलाये और अपनी धोती दोनों टांगों के बीच समेटे। सामने थी बूढ़ी बदनिन रमतिला—काजल में डूबी सुइयों की कटोरी लिये। आँखों में आँसू भरे सुरसत्ती होंठ भींचे चुप बैठी थी। पूरी कोशिश में थी कि डंक से मारते दर्द को पी जाय। सिसकी न निकले मुँह से। सामने बैठी रमतिला उसकी अनावृत्त चिकनी साँवली जाँघ में काजल में डूबी सुइयों से गोल-गोल सूरज और सूरज के दोनों ओर लम्बे-लम्बे झाले पूरी तन्मयता से उकेरती जा रही थी। नन्ही-नन्ही बूंदों के रूप में खून उभर कर रिस रहा था और वह उस पर तेल थोपती जा रही थी। —'ओ दाई-ई—दाई-ई—' अचानक सुरसत्ती चीख पड़ी और उसने रमतिला का सूई वाला हाथ झटक दिया।

बूढ़ी ने सख्त नजरों से देखा सुरसत्ती को। उसे कदाचित् सुरसत्ती का इस तरह हाथ झटकना अच्छा नहीं लगा—

—'ऐ सुरसत्ती ! नाई गुदायस तो मैं जात···' और उसने अपना हाथ रोक कर कटोरी दूर खिसका दी।

सुरसत्ती एक क्षण रमतिला का चेहरा देखती रही। फिर उसका हाथ पकड़ कर खींच लिया अपनी ओर—'नाई बदनिन माई'···और हँसने का प्रयास करती उसने अपने वस्त्र समेट दूसरा पैर उसके आगे कर दिया—

'··· जे गुदना और गुदाई दे···' और हँस पड़ी दोनों।

चैतू शहर गया है। लौट कर आयेगा तब ब्याह होगा उसका सुरसत्ती के साथ। उसके वापस आने तक दोनों पैरों में गुदने की सजावट पूरी हो जानी चाहिए। ब्याह के बाद वह गोदने के काम में दक्ष इस बदनिन को फिर बुलायेगी। दो कोरी रुपया देगी उसे। नहीं— उसका चैतू देगा। अपनी दोनों छातियों पर गोल-गोल टिपका और फूल गुदायेगी। सुरसत्ती

का मन करता है कि अपने बदन का पोर-पोर वह गोदने से भर दे। यही तो सर्वश्रेष्ठ गहना है उसका…।

लेकिन चैतू क्या कर रहा है वहाँ ? उन लोगों का ब्याह होने वाला है और वह शहर भाग गया रुपया कमाने। ऐसे ब्याह से पहले कोई भागता है ! क्या अनहोनी हो रही है ?

लेकिन अनहोनी तो अब एक के बाद एक हो रही है। अबकी सरसा का लड़का फेकू गायब हो गया। उसका तो नामोनिशान भी नहीं मिला। लाश छोड़ उसके बदन के कपड़े भी गायब।

बस्ती के दक्षिणी छोर की तरफ तिकोनिया जंगल की कटाई का काम चल रहा था। कुछ दिनों से सरसा को भी ठेकेदार ने काम पर लगा रखा था। रोज की तरह उस दिन भी फेकू दोपहर में खाना लेकर आया। दो दिन पहले मजदूरी के पैसे मिले थे सो दाई ने गेहूँ की रोटी भिजवाई थी। सरसा तो गेहूँ की रोटी देखकर मगन हो गया। खास परब हो गया उसके लिये। सरसा और उसके साथियों ने पेड़ के नीचे बैठ कर खाना खाया। इस बीच फेकू ठेकेदार से बतियाता रहा। सरसा अपने साथियों से कह रहा था कि उसका टूरा शरमाता नहीं है। देखो ! ठेकेदार के साथ बात करने में भी नहीं घबराता। न जाने उसे क्या किस्से सुनाता रहता है रोज। ठेकेदार भी हँसता रहता है… फिर सरसा ने अपनी कुल्हाड़ी उठाई और अपने साथियों के साथ आगे चल दिया था। शाम को घर लौटा तो फेकू की दाई बहुत परेशान थी। वह घर नहीं लौटा था।

सब हैरान। दिन दोपहरी तक तो वहीं था। फिर कहाँ चला गया ? 'हे रात माई रच्छा करना…' मशालें लेकर सरसा और उसके साथी जंगल का कोना-कोना छान आये। 'फेकू ऊ ऊ ऊ रे ऐ ऐ ऐ फेकू ऊ ?' 'टूरा-आ ऽ ऽ रे टूरा-आ ऽ ऽ आ' रात भर आवाजें पेड़ों से टकरा कर बिखरती रहीं—पैरों तले पत्ते परड़…परड़…परड़ बजते रहते। सुबह हो गयी। सूरज देवता प्रकट हो गये लेकिन फेकू का कहीं पता नहीं चला।

काम का समय हो चला था। जंगल की ओर कुल्हाड़ी लेकर जाते लोगों ने देखा कि ठेकेदार ने जब सरकारी-चट्टी के सामने झपाके से अपनी जीप रोकी तो बदहवास खड़ा सरसा उससे अपने फेकू के बारे में पूछ रहा था।

ठेकेदार ने इन्कार कर दिया। वह उसके बारे में कुछ नहीं जानता था। लेकिन कुछ लोगों ने फेकू को ठेकेदार के साथी के साथ जाते हुए देखा था। ठेकेदार ने कहा कि उसका साथी चट्टी में ठहरा था। उसे वापस शहर लौटना था इसलिए वह फेकू को अपने साथ चट्टी तक ले गया ताकि फेकू उसका सामान वगैरह बंधवाने में हाथ बँटा सके। इसके बाद शाम होते-होते फेकू वहाँ से वापस चला गया था।

अब कहाँ ढूँढ़ेगा सरसा उसे ? उसकी दाई का तो रोते-रोते बुरा हाल है। ठेकेदार कहता है कि कहीं जंगल के रास्ते तो नहीं निकल गया वह ? हो सकता है किसी बाघ की भेंट चढ़ गया हो !

बाघ ? ना। फेकू की दाई नहीं मानती। परमू भी नहीं मानता। कहता है कि शहर के लोग यहाँ बस्ती में आते हैं और हमार लड़कों बच्चों को उठाकर ले जाते हैं। बघेश्वर देवता नहीं रिसाये हैं। शहरी लकड़बग्घा आया है कोई। गुनिया भी यही कहता है कि जंगल का बाघ तो साधा हुआ है। भेंट पूजा चढ़ाये हैं सब लोग देवता को। बस्ती के लोगों को देखता है तो बकरी की तईं सिर झुकाकर चला जाता है।

—'फेकू रे ऐ ऐ ऐ, कौन लील गया तुझे। लौट आला रे फेकू ऊ ऊ ऊ ऊ'···दाई रो रही है। फेकू का दोस्त दरसू भी एक दिन ऐसे ही गायब हो गया था। भाग गया था शहर की तरफ। अभी कुछ दिन हुए लौट कर आया। चार साल बाद। पूरा साहब बन कर। नाम भी बदल गया उसका। दरसण ! हाँ—दरसू नहीं दरसण राम था। एकदम हुलिया बदल गया। पटका गायब। बदन पर कमीज पैंट। सर का फैंटा साफ। नंगे सिर। लम्बी चोटी वाला बाल छांट कर छोटा कर लिया था। भूल गया था सब किलो और कूकड़ा पाट खेलना। कमीज की जेब से पाकट निकाल कर बीड़ी पीता था। फेकू कहता था कि दरसू कभी उससे कूकड़ा पाट में दाँव नहीं जीत पाया था। लेकिन अब। अब तो

वही दाँव जीत रहा था। बाकी सब पदरी थे···हारे हुए। पीछे पड़ा हुआ था अपनी दाई और दादा के कि वह भी दरसण के साथ शहर जायेगा···

—'अरे, जरूर ठेकेदार बाबू मोरे फेकू को शहर पठइन्ना रे'··· दाई बार-बार कहती। सरसा का जी नहीं माना। फिर दूसरे दिन ठेकेदार के सामने हाजिर।—'साब टूरा की दाई···मर जाइस···फेकू क्या शहर चला गया ?' सुनते ही ठेकेदार आग बबूला।

—'मैंने क्या गायब कर दिया तुम्हारा टूरा। रोज जान को आ जाता है। मैं क्यों भेजने लगा उसे शहर। जाना होगा उसे तो खुद जायेगा। साहब बनने का शौक है तुम्हारे टूरा को तो भाग गया होगा। मैं काहे को ले गया। खबरदार जो अब आये वरना नाम काट दूंगा तुम्हारा। एक तो काम पर लगाओ और फिर रोज जवाब तलबी······ भाग···।'

सरसा चुपचाप सर झुकाये चला आया। मजदूरी से अलग किये दे रहा है यह तो। अभी कटाई का काम चल रहा है। पाँच प्राणी हैं घर में।

—'फेकू की दाई—ठेकेदार से झगड़ा ठीक नहीं। बनी ना मिली तो खाणा कैसे आवेगा।'

लेकिन उसकी दाई को कौन समझाये।

'अरे दरसण ! ले गया मोरे टूरा को···सहर ले गया···देख भगवान। मोर टूरा को देख···।'

कौन देखगा ? 'सहर में तो अजगर बैठे रहीस···' परमू कहता है। न जाने कितना टूरा लोग इधर-उधर टोला से भाग-भागकर पहुँच गया है शहर। वहाँ का अजगर निगल जाता है सबको।

कोई लौटकर नहीं आता। परमू जानता है। शहर जाता रहता है साहब बहादुर के काम से। मुलाजिम है इंगलिसिया कोठी का। ठेकेदार को भी जानता है वह। ठेकेदार के साथ बैठकर शहर की दारू पीता है और उसे गाँव की बनी मन्द पिलाता है। वह जानता है दरसण कहाँ गया होगा। फेकू कहाँ होगा। चैतू भी तो टोला छोड़कर शहर गया है।

सुरसत्ती भी कम स्यानी नहीं है। सब बातें समझती है। इसीलिए परमू से बतियाती रहती है। टोह लेती है चैंतू की।

परमू कहता है कि वह ठेकेदार से विनती करे तो वह चैतू को शहर में कोई बढ़िया काम दिला सकता है। अच्छा रुपया मिलेगा तो वह भी चली जायेगी शहर···चैंतू के साथ।

ना बाबा ना ! वह तो यहीं रहेगी। वह टोले के मुकादम की टूरी है। गाँव की देवारिन। टोले की स्यानिन कहती है कि देवता ने उसे अपना वरदान दिया है। उसे बनाने के बाद धरती पर भेजने से पहले देवता ने उसके माथे पर हाथ फिराया था। तभी तो उसके कपाल के बीच में एक छोटा-सा सींग है—देवता का वरदान। जानवरों की तरह बीच कपाल में उठा हुआ सींग जो पीछे माँग के ऊपर आ जाता है।

दाई और दादा सुरसत्ती को माई की कृपा कहते हैं। खैर माई गाँव की देवी है—रक्षा करती है गाँव की। जब उसका जन्म हुआ था तभी उसके सिर पर सींग देखकर गुनिया ने कह दिया था कि ये साच्छात देवी है। रच्छा करेगी गाँव की···। मड़ई पर काली बकरी की भेंट पूजा चढ़ाई थी देवी को सबने। इसीलिए तो कहती है सुरसत्ती कि वह टोला छोड़कर नहीं जा सकती। यहीं रहेगी वह।

लेकिन उसका ठाकुर देव तो चला गया। कहता था जल्दी आयेगा। दो बरस होने को आये अब तो। फिर दशहरा का परब आने वाला है। चैंतू को परब के मौके पर तो आना चाहिए।

दशहरे का पर्व था जब कबीर टोला के लोगों का दल उनकी बस्ती में आया था। ढेरों लोग आये थे। टोले के बाहर नाचते रहे थे रात भर। मांदर की थाप के साथ उनके गीतों के स्वर मानो छन-छन कर आ रहे थे।

अपनी सहेलियों के साथ वह भी टोले के बाहर आने लगी तो दाई ने टोक दिया था।

—'ओ री टूरी। अब स्यानी हो गयी है। ऐसे नहीं—सज-संवर

कर जाना।'

...तब, लाल पाड़ की मूँगी धोती पहनी थी उसने। सोलह हत्थी धोती का पल्ला कंधे पर कसा हुआ था। खुले अनावृत्त कंधों को घेरे चाँदी की सुतिया—जो उसके दादा ने शहर से लाकर दी थी उसे। काँच की गुरिया से उसने अपनी पूरी गरदन भर ली थी। कानों में बालियाँ और तरकुल। बालों को कसकर जूड़े में बाँधा और मोरपंखी खोंसना नहीं भूली वह। इसके साथ ही पतला फेंटा माथे पर बँधा था। उसे भी उसने काँच की गुरियों से ढंक दिया था। एकदम मुकुट जैसा सज गया उसका माथा। उसकी दाई ने ही बताया था उसे देवी का दिया हुआ माथे का वरदान इस तरह से ढंकने और सजाने के लिए। देवी का साक्षात् रूप सुरसत्ती—गाँव की सबसे सुन्दर लड़की। माथे पर फेंटे के नीचे नीले रंग के टपका और बेंडा गुदे हुए। सुरसत्ती का सांवला रंग कपाल पर आड़े-खड़े गुदने से और गहरा-चमकीला लगने लगा था। बड़ी-बड़ी बोलती आँखें—रह-रहकर फड़कते होंठ मानो उसके हृदय की बात जल्दी से जल्दी कह डालने को तत्पर हों।

नौजवानों की टोली की आवभगत के लिए टोले के मुकादम समेत मरद वहाँ खाने-पीने का सामान ले आये थे। कबीर टोला के नौजवानों की टोली को नाचते-गाते शाम हो चली थी। नाचने वाले अब परोसा हुआ ठोला खा चुके थे और सुस्ता रहे थे। गाँव के लोग नौजवानों को ढाकों में भर-भरकर मन्द पिला रहे थे। धीरे-धीरे उन सब पर हल्का-हल्का नशा छाने लगा था। इसके साथ ही कुछ नाचने की वजह और कुछ उस प्रणय अवसर की उत्तेजना-मशालों की रोशनी में सबके चेहरे चमक रहे थे।

थोड़ी देर बाद झूमते हुए सब गोल में आ गये। चैतू ने गले में लटके मांदर पर जोर की थाप दी। तनिक आगे को झुक घूमती हुई मुद्रा में पैरों की लय के साथ उसने तान छेड़ी—'धीरे-धीरे— हो ऽ ऽ ऽ ओ ...' और रात मानो उस स्वर लहरी में उलझ वहीं ठहर गयी थी। हवा बुजुर्गों की तरह टोले के चारों ओर उगे बागड़ों के झाड़ के पीछे चली गयी थी, सुस्ताने और आराम करने। मैदान में खुले आसमान के नीचे

मस्ती का आलम चट्टानों के सीमा बन्धन से मुक्त स्वच्छन्द झरने की तरह उन्मुक्त बह निकला, सबको रस में भिगोता-सराबोर करता। मांदर की थाप और उँगलियों के बीच बजती हुई टिभकी की लय पर फिर तान छेड़ी थी किसी ने।

पूरा वातावरण तलैया से छूटती रंगों की फुहार से सराबोर हो रहा था जिसके बीच कोई अपनी प्रियतमा को सावधानी से पानी भरने की हिदायत दे रहा था।

वह दूर एक पेड़ के पीछे खड़ी देख रही थी। किशोर वय का कोई वृक्ष जैसे धीरे-धीरे हवा में लचकता झूमता है उसी तरह वे सब नौजवान झूमते-नीचे झुकते, मांदर पर थाप देते, फिर ऊपर उठते-लहराते थे। तभी उसकी नजर टिक गयी चैंतू पर। चैंतू लाल सलूखा और काली जाकिट पहने था। मांदर की थाप के साथ वह पूरा चक्कर लगा सामने आता तो उसके साथ ही पैरों में नीचे तक आता उसका छींट का घेरदार साया भी चुन्नटें समेटता लहराता हुआ घूम जाता। सर पर सोलहत्था फेंटा लपेट, सुधबुध खोकर मस्त हवा की तरह डोल रहा था। पीठ पर बँधा छींट का पिछौरा···लगता था डूबने सूरज की लाली बिखर रही हो पूरे वातावरण में।

—'हँस-हँस माया न लगाय···सुआ तोरे बरन रे····'

सचमुच कहीं नजर न लग जाये···उधर नजर गड़ाये सुरसत्ती यही सोच रही थी। उसकी सहेलियाँ पूरे सजाव-बनाव के साथ कबीर टोला के नौजवानों के साथ नाच में उतर चुकी थीं और अब आदमी-औरतों के मिले-जुले संगीत के स्वर गूँज रहे थे।

उसकी बूढ़ी दादी कब उसके पीछे खड़ी हो गयी उसे पता ही नहीं चला। फिर दादी उसका हाथ पकड़कर उस दिशा की ओर ले चली जिधर से आती हवा में तैरती लहरें उसे अपनी ओर खींचती आमन्त्रण दे रही थीं। उसके पिता यानी गाँव के मुकादम की दाई, उसकी आजी टोले की सयानिन भी थी। वह जानती थी कि इस मौके पर क्या होना चाहिए और कैसे होना चाहिए···और अपनी लाड़ली सुरसत्ती का हाथ पकड़कर आजी ने उसे चैंतू की बगल में खड़ा कर दिया था।

शरमाती-सी खड़ी सुरसत्ती ने नजर उठाकर चैतू को देखा। फिर हौले से मुस्कराकर उसने अपना हाथ चैतू की कमर में डाल दिया। चैतू के हाथ मांदर पर थम गये और वह उसे ही देख रहा था। सुरसत्ती ने पीछे की ओर झोंका लिया और फिर जैसे एक डोर में उनके पैर बँधे हों ···उसके पैरों की ताल मिलाती उस अनवरत चलती लहर में समाहित हो गयी थी। —'आठो अंग ला चमकाय सुआ तोरे बरन रे···'

उस गूंजती स्वर लहरी में उसे चैतू की नजरों का जवाब मिल गया था। टोले में उस जैसा है कोई सुन्दर··· उसे लगा जैसे स्वर लहरियाँ उसी के आठों अंगों की सुन्दरता का बखान कर रही हों।

रात मदहोश-सी सरकती रही···मांदर पर थाप दहकती रही··· पैरों की पाजेबें छनकती रहीं···बेसुध पैर बहकते रहे··· और हाथ में हाथ डाले चैतू और सुरसत्ती और उन जैसे कई नौजवान नाचते रहे— झूमते रहे···।

सुरसत्ती को आज भी सब याद है, एकदम ताजे सपने की तरह। इसी सपने के भरोसे सुरसत्ती रोज मटमैले पहाड़ों के पीछे से निकल कर फैलती बहती सुबह की लाली देखती है और चिरैया की तरह चहकने-हिरनी की तरह कुलाचें भरने लगती है। फिर रात माई के कदमों की आहट के साथ वह भी रोशनी की तरह सिमट जाती है—चैतू क्यों शहर चला गया ?

चैतू शहर न जाता तो क्या करता? यहाँ टोले में क्या धरा था। जंगल जाकर जलावन की लकड़ी बीन लाये। कभी-कभार साल छिमाही कोई मजूरी मिल जाये तो उससे क्या जिन्दगी कट जायेगी ? सुरसत्ती तो एकदम देवी है—देवारिन। मुकादम की टूरी है वह। ऐसे बिना काम, बिना कमाई के कैसे रखेगा वह उसे। शहर जायेगा। एक कोरी-दो कोरी नहीं—पिछौरा भर के रुपया कमाकर लायेगा···फिर ले जायेगा सुरसत्ती को ब्याह कर।

फिर तो सुरसत्ती जायेगी। जाना ही पड़ेगा। चैतू के साथ···

उसके घर। कबीर टोला? नहीं—वह शहर ले जायेगा सुरसत्ती को अपने साथ। फिर यह टोला···यह बस्ती···जंगल···उसकी दाई···दादा ···उसकी आजी, सब छूट जायेंगे। वह चली जायेगी तो कौन संभालेगा उन्हें? टोले की रक्षा कैसे होगी···सोच-सोचकर सुरसत्ती की आँखें भर आतीं···उसे लगता टोले वाले रुंधे कण्ठ से गाते हुए उसे विदा कर रहे हों।

सचमुच क्या उसके अपने घर जाने से बस्ती सूनी हो जायेगी? पता नहीं। अभी तो उसका अपना ही घर आँगन सूना पड़ा है।

उधेड़बुन में डूबी सुरसत्ती जंगल की ओर जाते पहुँच गई चट्टी तक। ठेकेदार वहीं पर मिल गया। परमू भी था।

—'कसी आहेस। दादा'—सुरसत्ती बोलती कम और हँसती ज्यादा है।

—'अच्छा हूँ नोनी···अच्छा हूँ···'

भीतर तक भीग गयी सुरसत्ती। छोटी बहन—नोनी—कहता है ठेकेदार बाबू उसे। बहुत भला है। शहर के और बाबू लोगों जैसा नहीं।

—'तेरा ब्याह कब होगा री?'

सुरसत्ती ने इशारा किया—दूर जंगल के पार।

—'चैतू सहर गया बाबू।'

—'आयेगा-आयेगा। तू कहे तो तुझे चैतू के पास पहुँचा दूं! चल मेरे साथ' और ठेकेदार ने उसका हाथ पकड़ लिया।

ठेकेदार को इसीलिए यहाँ इस जंगल से घिरे बीहड़ की लड़कियाँ बहुत पसन्द हैं। शहर की सूखी, छुई-मुई छोकरियों की तरह नहीं कि बस, छुआ और सिमट गईं घोंघे की तरह। अरे भगवान ने सौन्दर्य क्या ढक छोप कर या कैद करके रखने के लिए दिया है? ठेकेदार जब से इस इलाके में काम कर रहा है तब से जीवन के प्रति उसका फलसफा ही बदल गया है। शहर में वह दूसरा ही आदमी होता है। सख्त···घर के

अन्दर सख्त अनुशासन···घर से बाहर काम से काम···। लेकिन यहाँ इस बीहड़ अँधेरे इलाके में जंगल के मुहाने पर आते ही वह दूसरा आदमी हो जाता है···उन्मुक्त-उदार-मस्त—इसी में सुख है···जीवन का आनन्द है ··

लेकिन सुरसत्ती ने परमानन्द की स्थिति तक पहुँचने से पहले ही उसे भंग कर दिया और जोर से झटक कर उसका हाथ अलग कर दिया। उसका दादा टोले का मुकादम है। शहर जाता रहता है। वह कहता है कि शहरी बाबू लोग से बचकर रहना। जंगली जानवर को साथ लो तो वह कुछ न बोलेंगे। लेकिन ये बाबू लोग···ये तो जंगल के बिगड़े बाघ से भी ज्यादा भूखा और खतरनाक होता है। हजम कर जायेगा और डकार भी नहीं लेगा···।

ठेकेदार ने सुरसत्ती के हाथ झटकने का बुरा नहीं माना। वह फिर हँसता हुआ उसकी ओर बढ़ा जैसे कोई छोटे मासूम बच्चे को बहलाने और गोद में उठा लेने को उद्धत होता है।

—'अरे नोनी। बात तो सुन। चल शहर मेरे साथ···चैतू के पास···।'

—'ना ! ना !! भाग ! तू मेरा भाई नाय। मैं तेरी नोनी नाय···'

सच है। सुरसत्ती का न कोई भाई और न वह किसी की बहन।

'अरे बाबू···ये देवारिन है। देवता का आशीर्वाद है इस पर। इसे मत छेड़ो शाप दे देगी। बचकर रहना···' परमू ने चेताया ठेकेदार बाबू को।

सही चेताया है परमू ने। इसीलिए तो सुरसत्ती किसी से नहीं डरती। देवी माई की कृपा है उस पर···और सुरसत्ती ने दो कदम आगे बढ़कर ठेकेदार को धक्का देकर एक तरफ कर दिया और उसके सामने तनकर खड़ी हो गयी। फिर एकाएक अपने कपाल पर बँधा फेंटा झटके से अलग कर दिया उसने।

ठेकेदार के मुँह से चीख निकलते-निकलते रह गई। हैरान ! वह उसकी ओर नजर गड़ाये देखता रह गया। झक् सांवली, चिकने गदराये

बदन वाली, बोलती हुई आँखों और हँसते हुए होठों वाली भरपूर आकर्षक—यह सामने खड़ी औरत है या जंगली जानवर। गैंडे के सींग जैसा ही है इस औरत के कपाल के ऊपर, ठीक बीचो बीच उगा हुआ यह सींग। क्या अजूबा है ?

ठेकेदार का मुँह खुला का खुला रह गया और वह दो कदम पीछे हट गया।

सुरसत्ती को मालूम था कि ऐसा ही होगा। बहुत बार ऐसा हो चुका है। वह ठठाकर हँस पड़ी। सर झुकाकर आक्रमण करते जंगली सुअर की माफिक अपना कपाल आगे की ओर कर ठेकेदार की ओर बढ़ती—हो···हो···हो···हो···डराने के अन्दाज में छोटे-छोटे कदम उठाती उसकी ओर दौड़ पड़ी···फिर उसी सकते की हालत में खड़ा छोड़कर हाथ का फेंटा सर पर लपेटती हुई भाग गई···कुलाचें भरती, टोले की तरफ।

ठेकेदार देखता रह गया। उसकी नजरें मानो जम गयी हों उसी दिशा की ओर।

—'मैंने कहा था न बाबू साब। वह देवारिन है। उसे मत हाथ लगाना।' परमू की आवाज से, मानो सोते से जागा हो वह।

—'परमू तूने तो कभी जिकर भी नहीं किया इस अजूबे का। क्या इस बात को कोई नहीं जानता ?'

—'टोले के सभी लोग जानते हैं बाबू। लेकिन ये सुरसत्ती है मुकादम की बेटी···देवी का प्रसाद है बाबू। ये तो पूरे गाँव की रक्षा करती है।'

—'तूने इंगलिसिया कोठी के साहब बहादुर को नहीं बताया कभी इसके बारे में। ये तो गैंडानुमा औरत है। ऐसा तो आज तक कभी देखा सुना नहीं।'

—'साहब बहादुर ?' उसके तो प्राण काँप गये। 'नहीं बाबू। यह तो अपने घर दुआर···अपने टोले के भीतर की बात है। इसे साहब बहादुर को क्या बताना।'

—'पागल है तू तो। साहब बहादुर के शौक को नहीं जानता।

मालामाल हो जाता अब तक···लेकिन तू···चाकर का चाकर ही रहा।'

कुछ ही दिनों बाद इंगलिसिया कोठी में परमू की पेशी हुई। साहब बहादुर ने बुलवा भेजा उसे। ठेकेदार ने चलते-चलते उसके कान में संदेश दिया—'कोठी पर बुलाया है साहब बहादुर ने···'

'मैं तो अभी दो दिन पहले गया था कोठी पर। तब तो साहब बहादुर ने कुछ नहीं बोला था ऐसा?'

—'अब बोला है--' वह बोला और जीप उड़ा ले गया तेजी से।

परमू सहम गया। 'ये कुकुर ठेकेदार—जरूर कुछ गड़बड़ करीस है···'

उस दिन इंगलिसिया कोठी की ओर जाते समय उसे लगा था कि जंगल खिच गया है दूर तक। रास्ता खत्म होने में नहीं आता। कितना अच्छा होता अगर उसका गाँव-टोला और इंगलिसिया कोठी एकदम दूर होते। बीच में जंगल होता ही नहीं। फिर कोई रास्ता इंगलिसिया कोठी की ओर न जाता। 'ई जंगल सब गड़बड़ करीस है। जोड़ दिया सब एको में···'

परमू भी पागल है। न जाने क्या-क्या आड़ा-बैड़ा सोच बैठा। कुछ भी बात नहीं थी। साहब तो सचमुच देवता हैं। एकदम गाँव के ठाकुर देवता की तरह। गाँव की रक्षा का भार ले लिये हैं। उसे विश्वास ही नहीं हुआ जो साहब ने कहा।

चैतू तो बड़ा स्याना निकला। किधर-किस खोह से पहुँच गया इंगलिसिया कोठी तक और पकड़ लिये साहब बहादुर के चरण। साहब बहादुर कहते थे कि चैतू उनके पास आया था नौकरी माँगने। साहब बहादुर ने उसे अपनी चाकरी में रख लिया है। दस कोरी रुपया देंगे। बाप रे···दस कोरी···दो सौ रुपया। स्वर्ग मिल गया चैतू को तो। लेकिन चैतू ने साहब बहादुर से कहा था कि मुरसत्ती भी वहाँ आ जाये

तब चाकरी करेगा वह ।

वहीं कोठी पर रहेगा···सुरसत्ती के साथ । यह सब साहब बहादुर ने ही बताया उसे ।

—'कौन है ये सुरसत्ती—परमू ?' साहब बहादुर पूछ रहे थे ।

सचमुच कुछ नहीं मालूम इन्हें सुरसत्ती के बारे में । परमू अभिभूत हो गया । उसका मन किया कि वह लोट जाये मालिक के चरणों में ।

साहब बलभद्र बहादुर आराम कुर्सी में पसरे थे । दूध जैसा उनका सफेद चेहरा । चेहरे पर खून जैसी लाली । सफेद बगुला जैसे बाल । वैसा ही झक् सफेद कुर्ता-पाजामा । आँखें बन्द ।

—'मालिक'—दोनों हाथ जोड़कर खड़े परमू की समझ में नहीं आया कि क्या जवाब दे—'टोले के मुकादम की टूरी है मालिक ।'

आँखें बन्द किये मालिक ने सुना । परमू ने आगे कुछ नहीं कहा । जरूरत भर का बोलने में ही सेवक की भलाई है ।

—'क्या ब्याह हो गया उसका चैतू से ?'

—'हो जायेगा मालिक । सुरसत्ती और उसका बाप दारू पिला चुके हैं सगाई बरात को ।'

मालिक ने फिर मौन साध लिया । थोड़ी देर बाद जैसे एक-एक शब्द पर कील ठोंक रहे हों—मालिक की आवाज सुनाई दी ।

—'ठीक है । लगुन विचार कर यहीं भँवरी होगी । हम करायेंगे सुरसत्ती और चैतू का ब्याह । तुम परसों सुरसत्ती को यहाँ ले आओ । रात में । देखना किसी को पता नहीं चले परमू—खबरदार · ठेकेदार बाबू गाड़ी लेकर आयेगा···'

लग रहा था मानो साहब शब्द बोल नहीं रहे बल्कि रुक-रुक कर गोलियाँ दाग रहे हैं—कोई निशाना खाली न जाय । निशाना खाली डालने की आदत नहीं है साहब को । अपना वार खाली जाने से साहब बहादुर बहुत खिसिया जाते हैं और उनकी खिसियाहट—सोचकर काँप गया परमू—बहुत भयानक होती है उनकी खिसियाहट । एकदम शाप लग जाता हो जैसे उन्हें देवता से राक्षस बन जाते हैं । सब तहस-नहस करके मानता है वह राक्षस । काले हिरन का शिकार···परमू कभी

नहीं भूल सकता। बरसों पहले का किस्सा फिर जिन्दा हो गया उसकी आँखों के सामने।

परमू यहीं था कोठी पर। साहब बहादुर के तीन-चार दोस्त भी थे। बड़े लोगों की बड़ी बात। शिकार करने का प्रोग्राम बना। सब लोग जंगल के भीतर···आगे बढ़ रहे थे। एक काले हिरन पर मालिक ने निशाना साधा और जंगल का दुर्भाग्य कि निशाना चूक गया था। गोली हिरन के पैर को छूती निकल गयी। पैर थोड़ा घायल हो गया और खून रिसने लगा। लेकिन जान बचाकर हिरन जो भागा तो बस···भागता चला गया···फिर हाथ न आया।

साहब बहादुर। जीते जी मरने को हो गये। दोस्तों के सामने तौहीन। एक लम्बा-तड़ंगा लाल मुँह वाला अंग्रेज मालिक के कंधे पर हाथ रखकर न जाने क्या बोला था।

साहब का मुँह गुस्से से लाल भभूका! हिरन के पैर का रिसता खून मानो मालिक के चेहरे पर किसी ने पोत दिया हो।

मालिक का हुकुम। कोठी के सभी नौकर निकल आये। हिरनों को घेरने और हांका लगाने के लिए। इन्तजार का समय गुजरता गया··· इन्तजार कम होता गया। लोगों का घेरा छोटा···ओर छोटा होता गया था। हिरन दौड़ते हुए आते और बनाये गये रास्ते से निकलते गये थे··· धांय ···धांय···धांय···साहब बहादुर की बन्दूक आग फेंकती गयी···धुआँ उगलती गयी थी। मालिक की इज्जत की खातिर हिरन जमीन में लोटते गये थे···खून के धारे बहते हुए जंगल की धरती को लाल करते गये थे··· कितनी बलि स्वीकारी थी उस दिन बनजारिन माई ने।

फिर मालिक जब थक गये तो जैसे होश में आये हों···उनके चेहरे पर हँसी फूटी थी। मनचाहा खिलौना पाकर खुश हो गये बच्चे की हँसी जैसी। हाथ की बन्दूक फेंककर चल दिये कोठी की ओर। पीछे-पीछे दोस्त लोग···!

परमू को इस वक्त भी ऐसा ही लगा। साहब जैसे धांय-धांय गोली दाग रहे थे और हर गोली परमू के कानों से होती हुई उसके दिल में उतर रही थी। भीतर तक सर्द हो गया था वह···हड्डियाँ कुड़कुड़ा

रही थीं।

मालिक चैतू और सुरसत्ती को दूल्हा-दुल्हन बनाकर पिछौरा उढ़ा रहे हैं या टिकटिकी पर चढ़ा रहे हैं। बड़े लोगों की बड़ी बात। परमू हाथ जोड़कर खड़ा रहा।

—'मालिक' चैतू कहाँ है ?' परमू ने सोचा कि चैतू से मिल ले वह तो उसके दिल को तसल्ली हो जाय।

—'चैतू ? हाँ चैतू अभी अन्दर है। काम सीखना है उसे। फिर मिलेगा वह तुमसे। परसों।

···और साहब ने परमू को जाने का इशारा कर दिया।

थके कदमों से चला आया वह। उसे तो बहुत खुश होना चाहिए था। चैतू मालिक की चाकरी में है। दस कोरी रुपया। सुरसत्ती और चैतू दोनों के रहने का ठिकाना—यहीं इस महलिया में। सुरसत्ती तुझे तो खजाना मिल गया। रोज पूछती थी चैतू को···

लेकिन परमू के पैर तेज क्यों नहीं उठ रहे। सुरसत्ती मुकादम की बेटी···पूरे टोले की बेटी है। देवी का प्रसाद है वह···लेकिन इससे क्या ? है तो मानुष। चैतू के साथ उसका ब्याह तो होना है। परसों आयेगा सुरसत्ती के साथ। तभी मिलेगा वह चैतू से और उससे बात करेगा। पूरा इत्मीनान कर लेगा। तब बतायेगा वह मुकादम को···सब टोले वालों को··सुरसत्ती और चैतू के बारे में।

रात का कालापन धीरे-धीरे सिमटने लगा था। जंगल को घेरे ऊँचे शाल के पेड़ ही अंधेरे के चीथड़ों को अपनी शाखों में अटकाये हुए थे वरना तो सूरज ने अपने आने का सन्देश भेज दिया था। किशोरी किरण बालायें हाथ-पैरों में महावर रचा, अपने सुनहरे बालों को झटकती, आसमान से झाँकती, नीचे उतरने के लिए पैर बढ़ा रही थीं। धरती पर पसरी रात माई को सूरज दादा का सन्देश देने के लिये नीचे उतर कर आना था उन्हें।

बाहर जीप स्टार्ट होने की आवाज। एक तेज गुर्राहट के बाद

आवाज धीमी होकर समाप्त-सी हो गयी। मानो भय और आशंका के कारण किसी ने मुँह पर हाथ रखकर जोर से दबा दिया हो। दबी-घुटी आवाज के साथ जीप फर्राटे से भाग चली थी।

इंगलिसिया कोठी से वापस जाते हुए, जीप में बैठे परमू को अफसोस था कि सुरसत्ती को उसने कोठी तक पहुँचा दिया लेकिन चैंतू के साथ उसकी मुलाकात आज भी नहीं हो पायी थी। एक दिन के लिए रोक लिया होता मालिक ने चैंतू को शहर जाने से। अपने सामने सुरसत्ती को चैंतू के हाथों सौंप कर जाता तो उसे तसल्ली होती। उसके मन का इत्मीनान हो जाता। खैर, चैंतू अब साहब बहादुर की चाकरी में आ गया है। उसका शहर आना-जाना तो लगा ही रहेगा। अब तो ठाठ हैं उसके। बाबू बन जायेगा एकदम।

जंगल फिर निस्तब्ध हो गया था। उसी के साथ कोठी एक बार फिर सैन्नाटे में डूब गयी। इस सन्नाटे में जाग रहे थे वीरभद्र साहब बहादुर। इस सन्नाटे का वे इन्तजार कर रहे थे और यह सन्नाटा बहुत लम्बा खिंच गया था। इंगलिसिया कोठी में नये दिन की जिन्दगी की हलचल शुरू होने में अभी बहुत समय बाकी था। वे एक बार सुरसत्ती को करीब से देखना चाहते थे। मुआयना करना चाहते थे उसका। उनका शिकारी मन फिर जवान होकर ललक रहा था।

बड़ा सुव्यवस्थित कमरा। खिड़कियों पर मोटे हरे रंग के पर्दे। मोटे हरे कालीन से ढंका फर्श। हरे रंग की दीवारें। ऊँचे काले रंग की छत— ठीक जंगल की माफिक। जैसे धरती की हरियाली पर ऊपर से उतरता अँधेरा। छत के बीचोबीच लटकता बिजली का गोल लट्टू।

बड़े गुदगुदे पलंग पर सुरसत्ती पड़ी थी। नींद में बेसुध। चैंतू कल ही शहर चला गया था। उसकी और अपनी गृहस्थी के लिए सामान लाने— मालिक ने ऐसा ही बताया था परमू और सुरसत्ती को।

सब मालिक की दया। उन्होंने अपने सामने नौकरों से कह कर खाना खिलवाया था— सुरसत्ती को। परमू ने और ठेकेदार ने भी खाना खाया।

फिर अचानक सुरसत्ती को लगा था कि वह नींद में डूबती चली जा रही है। मानो किसी ने उसे बाढ़ से उफनती-हरहराती नदी में धक्का दे कर गिरा दिया हो। लाख हाथ-पैर मारे उसने लेकिन अवश वह डूबती चली गयी। चेहरे पर आश्वस्ति का भाव था। उसके चैतू का घर था वह।

पंजों के बल धीमे-धीमे हर कदम सावधानी से रखते, मालिक कमरे में दाखिल हो चुके थे। सुरसत्ती पर नजर डाली उन्होंने और उनकी नजरें उसके पैरों पर अटक गईं।

गहरे सांवले पैरों की उंगलियों में चुटकियों और टखनों में गिलट के चूड़े चढ़े हुए थे। चिकने पुष्ट पैरों पर घुटने तक सलीके से बँधी कसी चौखानी लाल रंग की धोती अपने अन्दर मचलती मछलियाँ समेटे हुए थी। एक हाथ गरदन के पास सिमटा हुआ और दूसरा कमर पर आ रहा था। उंगली में पहनी चाँदी की मुदरी के बीच में लगा लाल रंग चमक रहा था। सुडौल भारी वक्ष को धोती का लाल पल्ला कस कर बाँध मानो यत्नपूर्वक नियंत्रित किये हुए था। भरी हुई गर्दन पर चाँदी की सुतिया। कानों का ऊपरी हिस्सा मूंगा बालियों से घिरा था और निचले हिस्से के छेदों में तरकुल खुंसी थी। एक ओर ढलका हुआ सिर। बालों के गुच्छे में लगा लाद्‌दा गरदन के नीचे दब गया था। माथे पर नीले रंग का नोकीला त्रिपुंड जैसा गोदना बिजली की रोशनी में ज्यादा ही चमक रहा था। माथे पर कसकर बंधा कपड़े का फेंटा जो सर के ऊपर बीच में उभरा हुआ था। काँच के मोतियों की बनी गुरिया में लिपटा माथे का उभार एक छोटे मुकुट की तरह लग रहा था।

साहब बहादुर की पैनी गिद्ध जैसी निगाहें सुरसत्ती के पैर की उंगलियों से उठती—धीरे-धीरे पूरे बदन पर सरकती हुई माथे तक आईं। सुरसत्ती की बलिष्ठ सुडौल देहयष्टि के पास उन्हें आकर्षित करने के लिए कुछ भी नहीं था। इन अर्थों में वीतरागी हो गये थे मालिक। उसके सर के उभार के सामने जो माथे तक फेंटे से ढंका था और गुरियों से आच्छादित या, उसके शरीर के अन्य उतार-चढ़ाव कुछ भी नहीं—एकदम अर्थहीन थे। परम तृप्त हैं वह ऐसे मांसल उतार-चढ़ाव के खेलों से।

सामने पड़ी बेसुध औरत के लिये उनका शिकारी मन निर्विकार था। वे जानवरों के शिकारी थे। नया, दुरूह जानवर ही उनके मन को ललचाता, दौड़ाता और मुग्ध करता था। साहब बहादुर के भीतर बैठा शिकारी अपना नया शिकार तलाश कर रहा था। सावधानी के साथ दौड़ती उनकी चौकन्नी निगाहें सुरसत्ती के माथे पर केन्द्रित हो गयीं। वे आहिस्ता-आहिस्ता चीते की मानिन्द आगे बढ़े और पलंग से सटकर खड़े हो गये—इतने करीब कि साहब बहादुर की परछाईं ने सुरसत्ती को ढंक लिया था। एक सधे हुए कुशल शिकारी के समान उनका मन पूर्ण शान्त और सजग था। उन्होंने उसके माथे का फेंटा सरकाने का प्रयास किया।

फेंटा शायद पीछे बालों के जूड़े के साथ बंधा था। अबकी उन्होंने भरपूर जोर का झटका दिया। माथे पर लिपटी काँच की गुरिया झटके से अलग हो गई और सारे मोती इधर-उधर बिखर गये। इसके साथ ही सुरसत्ती का सर और माथा पूरी तरह अनावृत्त हो गया।

हाँ ! उसके माथे पर लगभग ढाई इंच लम्बा जानवरों जैसा सींग चमक रहा था। ऊपर को तनिक टेढ़ा होकर सींग घूम गया था—ठीक गैंडे के नाक के ऊपर पाये जाने वाले सींग की तरह। ठेकेदार ने सच कहा था।

पूरी तरह कपाल खुल जाने पर सुरसत्ती का चेहरा बहुत अजीब लगने लगा था। अभी क्षण भर पहले की अलंकृत सुरसत्ती—एक जोड़ी भाव प्रवण आँखों की, प्रिय की मनुहार करने को तत्पर होठों की, आमन्त्रण देती पुष्ट ग्रीवा, आगे वढ़ अगवानी करने की इच्छा और संकोच के बीच ऊपर-नीचे होते वक्षस्थल की स्वामिनी सुरसत्ती, क्षण भर में क्या से क्या हो गयी थी। अचानक एक जानवर की शक्ल में बदल गयी थी वह। मालिक के सामने पलंग पर पड़ा जीता-जागता मांस का ढेर अब सिर्फ एक जानवर का था। एक सींग वाला इन्सानी जानवर। या एक काली हिरनी···जो माथे पर सींग लिये हुए एक अजूबा थी एक अद्भुत जानवर। ये प्रकृति अपने नियमित कार्यकलापों के बीच कभी-कभी अचानक कोई मजाक कर बैठती है—कोई आश्चर्यजनक रचना धरती की गोद में डाल देती है। ऐसे ही एक आश्चर्य के स्वामी थे अब वीरभद्र बहादुर—

इंगलिसिया कोठी के मालिक—तलिया टोले और उसके साथ लगे जंगल के स्वामी। जंगल में बसे पशु-पक्षी, सभी जानवरों के मालिक।

काफी देर खड़े देखते रहे वह। फिर सुरसत्ती को यूं ही छोड़ वे आहिस्ता कदमों से बाहर चले आये। वे कतई जल्दी में नहीं थे। सुरसत्ती की नींद कम से कम एक दिन की नींद थी। उनका सारा इन्तजाम पक्का था।

उन्होंने अपना आदमी बुलवा भेजा था। वह भी सोच रहा होगा कि मालिक ने जरूर किसी बड़े शिकार के लिये बुलवाया है। किसका शिकार करेंगे वह अबकी बार ? कोई दुर्लभ बाघ या शेर या कोई जंगली भैंसा ? हलाकि मालिक अब ऐसे बड़े शिकारों में कम दिलचस्पी रखते हैं। पहले की तो बात ही क्या थी ! उनके प्राइवेट ड्राइंगरूम में मौजूद हैं उनके बड़े कारनामों के सबूत। उस बड़े विशाल कमरे में जहाँ तकरीबन अँधेरे के बीच हरे रंग का हल्का प्रकाश उस भव्य सजे कमरे को और रहस्यमय बना देता है। बीच में लटकते झिलमिलाते बेहतरीन झाड़फानूस, कोनों में सजे कलशनुमा पीतल के बड़े-बड़े फूलदान और शमादान, काली आबनूसी लकड़ी का फर्नीचर, मोती की झालरों के पर्दे बलिश्त भर पैर धँस जायें, ऐसे कालीन। उनके बहुत खास मेहमानों का बैठक खाना था यह। इन सबके साथ दीवारों पर टंगे—बाघ, जंगली भैंसे तथा हिरन के सिर जो चमकते काँच की अपनी आँखों से मेहमानों को घूरते, साहब बहादुर के शौर्य तथा उनके शौक के सबूत थे।

साहब बहादुर के दिमाग में बिजली की तेजी से विचार कौंधा—इस नये शिकार का क्या करना होगा ? किस जगह—कौन-सी दीवार—कौन-सा कोना ? एक सींग वाली सुरसत्ती उनके शिकारी जीवन की नई उपलब्धि थी। वह उत्तेजित हो रहे थे और कुछ आतंकित भी। उनके दिल की धड़कन बढ़ने लगी। अबकी नये साल की दावत में वह अपने खास मेहमानों को अचम्भित कर देंगे। एक इन्सानी जानवर…अनोखा तोहफा ! वह भी उनके ड्राइंग रूम की शोभा के रूप में ! ऐसा आज तक न किसी ने देखा, न सुना और न किसी ने ऐसा किया। दुनिया में अपने ढंग के अकेले हैं वीरभद्र बहादुर और अकेला उनका शौक।

वह कल्पना कर रहे थे । उनका खास शिकारगाह वाला कमरा । उसकी दीवार पर लगा एक सींग वाले इन्सान का सिर । खास दोस्तों की महफिल ! दोस्तों के चेहरे । चेहरों की प्रतिक्रियाएँ । सोच-सोचकर वह मुस्करा रहे थे ! ज्यों-ज्यों वह खुश हो रहे थे उनकी उत्तेजना बढ़ती जा रही थी ।

उन्हें लगा कि कुछ गर्मी बढ़ गयी है । शायद मौसम में गर्मी थी । हो सकता है कमरे में घुटन हो । कभी-कभी तो जाते हैं वह इस कमरे में । तब लगता है वह अपने स्वर्ग में हैं । वह अपनी, उनकी स्वयं की बनाई दुनिया है । गर्मी कुछ ज्यादा ही थी । वह अपने उस खास बैठकखाने से निकल आये । धीरे-धीरे टहलने लगे और टहलते हुए अंततः कोठी के बाहर खुले बरामदे में निकल आये और चहलकदमी करने लगे ।

इंतजार कर रहे थे वह । चहलकदमी करते हुए वह कुछ सोच भी रहे थे···और सोचते जा रहे थे । टहलते हुए अचानक उन्हें लगा कि उनके कदम तेज होते जा रहे हैं । चहलकदमी करते-करते शायद वह दौड़ने लगे थे । उन्हें अपने शरीर का खून उछलता, हिलोरें लेता हुआ महसूस होने लगा । उनका शरीर बहुत गर्म हो गया था और जैसे भीतर से आग उगलने लगा था । उनका दिल चाहा कि वह अपने कपड़ों का एक-एक रेशा नोच कर फेंक दें— अलग कर दें । अपने शरीर की खाल भी उतार कर डाल दें—ठीक वैसे ही जैसे उनके शिकार किये हुए बाघ, चीतों और हिरन की खाल अलग कर दी जाती है शिकार के बाद । सिहर उठे वह । शरीर का सारा खून जैसे उनके दिमाग में भर गया था और छाती पर हथौड़े चल रहे थे ।

उन्हें लगा कि सुरसत्ती को देखकर अपने शिकारगाह में नये अजूबे की कल्पना से वह ज्यादा ही उत्तेजित हो गये हैं । उन्होंने अपने को समझाने और संभालने की कोशिश की । वे ठहरे पुराने शिकारी । इस तरह की चीजें कोई नयी नहीं उनके लिये । उन्होंने याद करने की कोशिश की— कैसे उन्होंने वह दुर्दान्त शेर मारा था । एक बार जब उनके साथी के हाथ से बन्दूक छूट गयी थी लेकिन वह घबराये नहीं थे । कैसे उन्होंने कर्नल जैक्सन द्वारा मजाक किये जाने पर लगातार हिरन मार डाले थे—

बस गुस्सा आ गया था इसलिए···और वह जंगली भैंसा···कैसे फंस गये थे वह···शिकार उनका एकमात्र शौक है।

लेकिन यह चोट। कैसी धमक लग रही है छाती पर—धाड़··· धाड़···धाड़···धाड़···। माथे पर मानो गोलियाँ चल रहीं हों—फट्··· फट्···फट्र···फट्र···फट्···फट्·· एक रेला हिरनों का उनके सर से होकर गुजर गया था। उनके सर, माथे को रौंदता-कुचलता···शायद काला हिरन भी था। उनका सर फटा जा रहा था। वह छाती पकड़ कर लड़खड़ाते कदमों से आराम कुर्सी पर ढेर हो गये।

हथौड़े की धमक बढ़ती जा रही थी। वे किसी को आवाज देकर बुलाना चाहते थे। पता नहीं सब के सब कहाँ चले गये···सुरसत्ती के पास थे शायद···लेकिन वे लोग कौन होते हैं उसे घेरने वाले···वह नया शिकार उनका है—सिर्फ उनका। उन्होंने अपने छाती दबाई। हथौड़े की धमक नहीं रुकती। उन्हें अपनी बन्दूक उठाकर साथ रखनी चाहिए। हाँ! कहाँ है उनकी बन्दूक·· है कोई? धाँय···धाँय···ये धमाके कौन कर रहा है उनके सर में···ठीक माथे के बीचोबीच···उनकी आँखों के सामने चिन-गारियाँ बिखरने लगीं···।

वे धीरे-धीरे शिथिल होने लगे थे। उन्हें लगा ये धमाके अब नगाड़ों की चीख में बदल रहे हैं। जंगल के उस पार से आया नगाड़ों का शोर तेज होता जा रहा था।···परमू···परमू···बन्द करा यह शोर। जंगल पार टोलों के लोग जाग जायेंगे। इकट्ठा हो जायेंगे सब टोले। उनका शिकार। सींग वाला शिकार अन्दर पड़ा है नशे में बेसुध। ले जायेंगे उसे ये सब लोग। बहुत खतरनाक जानवर है वह। जाग जायेगा। रोको इस शोर को। देखो—देखो—वह एक सींग वाला गैंडा··जाग गया है। आ रहा है उनकी तरफ दौड़ता—सींग दिखाता···।

साहब बहादुर गर्मी से बेहाल—पसीना-पसीना थे। उनका खून जैसे उबल रहा था। दिल की धड़कन आसमान छू रही थी। इतना दबाव? पूरी इंगलिसियत कोठी उनकी छाती पर आ पड़ी हो जैसे!

थोड़ी देर बाद कुछ ठहराव-सा महसूस करने लगे वह। लगता था कि नींद आ रही है उन्हें। कमाल है? घनघोर जंगल में ऐन शिकार के

बीच उन्हें नींद आ रही थी। वे अब अवश थे। ऐसा लगा कि हाथ-पैर भी नहीं हिला पायेंगे वह। लेकिन उनके उस अजूबे शिकार का क्या होगा। उनके शिकारगाह वाले कमरे की खाली दीवार ? क्या ऐसी ही सूनी रह जायेगी ?

खैर ! वे अब सोयेंगे। खूब चलाओ गोलियाँ। हथौड़े चलाओ। खूब पीटो नगाड़े। उन्हें बहुत जोर की नींद आ रही थी और वे बेसुध डूब रहे थे !

—'मालिक, मालिक ! सो गये क्या मालिक ?' उनका कोई सेवक आवाज दे रहा था।

मालिक कुर्सी पर लुढ़के पड़े थे। अधखुला मुंह—जैसे कुछ कहना चाहते हों। सर ढलककर एक ओर गिर गया था और हाथ ढीले होकर लटक गये थे।

बन्तो

जस्सी दूधवाले की घंटी की आवाज के साथ ही बन्तो को ख्याल आया। रोटी पकाकर कपड़े में लपेट, रख चुकी थी। चूल्हे से लकड़ियाँ निकाल कर बाहर कर दीं। दाल का पतीला चूल्हे के पास रख दिया। फिर न जाने क्या टिपिर-टिपिर सफाई में लग गई वह। चौका तो रोटी पानी निबटने के बाद ही उठाना था।

घंटी की आवाज से वह चौंकी। झटपट घड़े से पानी निकालकर आटे में लिपटे हाथ साफ किये और ऊपर भागी।

धूप अभी सामने वाले नीम की फुनगी पर अटकी थी। जैसे कि उसका इन्तजार कर रही हो। उसने इत्मीनान की सांस ली। मुंडेर के पास अपने दोनों हाथ पीछे कर उसने अपनी पीठ और हाथों पर मुंडेर का सहारा लिया और नजरें ऊपर उठाईं। नीले साफ आसमान पर अभी पीली कारचोबी का काम नजर आ रहा था।

अभी समय था। अभी सुनहरी कारचोबी के ऊपर सूरज ने सिन्दूरी रेशम के धागे नहीं पिरोये थे। अभी तो धूप को धीरे से नीचे उतरकर दूर मैदानों के पीछे खो जाना था।

समय हो गया था। उसे अपने घर के सामने से गुजरने वाले रास्ते के छोर पर एक धब्बा नजर आने लगा था। तेजी से हिलता, आगे बढ़ता सफेद-सा दीखता धब्बा।

बन्तो की नजर उधर ही टिक गयी। धब्बा धीरे-धीरे बढ़ रहा था, साफ हो रहा था। अब शक्ल नजर आने लगी थी। जल्दी लेकिन पूरे धैर्य के साथ कदम बढ़ाती वह कस्बे की मास्टरनी जी थीं। काले बार्डर वाली सफेद साड़ी सलीके से बंधी थी। कंधे की चुन्नटों पर लगी

पिन। इसीलिए पल्ला जरा भी इधर-उधर नहीं हुआ था। जैसी सवेरे दिख रही थी ठीक वैसी ही लौटते समय। हाँ, सवेरे जो बालों में सफेद फूल लगा था वह अब नहीं था। जरूर कहीं झड़ कर गिर गया होगा, बन्तो ने सोचा।

हाथ में कुछ कापियाँ, एक किताब। उसके ऊपर रखा एक छोटा पर्स। धीरे-धीरे उसके घर के सामने से गुजर गयी मास्टरनी जी की आकृति फिर छोटी होने लगी, धुंधली होने लगी और फिर गायब हो गयी थी।

रोज जब वह मास्टरनी जी को कापी किताबें लेकर जाते हुए देखती तो उसे लगता कि मास्टरनी जी बहुत बड़ा काम करती हैं। रोज पाबन्दी से आना-जाना और उसके घर के पास से गुजरना। बन्तो भी उसी पाबन्दी से सारा काम-धाम छोड़कर देखती रहती मास्टरनी जी को और उसे लगता कि ऐसा करके वह भी उनके साथ वही जरूरी-महत्त्वपूर्ण काम कर रही है।

जहाँ तक नजर जा सकती है, बन्तो देखती रही। जब सब कुछ आँख से ओझल हो गया तो एक निःश्वास छोड़ा उसने। निगाहें सामने किसी अनजान गन्तव्य की ओर टिक गयीं।

घूमकर सीधी चली गयी खरंजा लगी छोटी सड़क। उससे लगा कच्चा मैदान। फिर खेत—दूर तक फैले। जहाँ तक नजर का छोर जा सकता है वहाँ से आगे तक पसरी रेलवे लाइन। दिन में एक बार दोपहर के करीब रेलगाड़ी गुजरती। उस समय भी बन्तो को भाग कर ऊपर छत पर जाना होता। वह धुआं उगलती और सीटी देती रेलगाड़ी को गुजरते हुए देखती रहती…और जैसे एक लम्बा, बहुत लम्बा काला साँप उसके सामने से गुजर जाता। काले धुएं की लकीर फैल जाती और साँप अपना जहर फैला देता सामने वाले आसमान पर…फिर अचानक उसे महसूस होता कि वह सामने से गुजर गया काला विषधर वापस आ गया है। रेंग रहा है—उसके पूरे शरीर पर। सर से उतरता गर्दन पर, वक्ष के चारों ओर लिपटता—उसे कसता, पेट से गुजरता, टांगों से रेंगता हुआ समा जाता उँगलियों के पोरों में। सारा शरीर सिहर कर

सनसनाहट से भर जाता। उसके पोर-गोर में बिजली तड़कने लगती। लेकिन वह। ज्यों की त्यों जड़ होकर बैठी रहती। उस काले नाग की सरसराहट से गुजरना उसकी मजबूरी थी…धड़कन में हरकत लाने की प्रक्रिया थी…वरना वह ऐसे ही बैठे-बैठे जड़ हो जाती। जम जातीं पत्थर बन कर!

वह सरसराहट—शरीर में दौड़ती वह झनझनाहट उसके तन्तुओं को शरीर के रेशों को फिर हलचल से भर देती। साँप के फैलते-गुदगुदाते जहर को अपने भीतर पिघलता हुआ—पिघलकर बहता हुआ महसूस करती। थोड़ी देर के लिए सही, उसकी साँसें तेज हो जातीं। तेजी से उठते-बैठते अपने सीने को हाथों से दबा कर वह देर तक आसमान देखती रहती।

आसमान में इक्का-दुक्का छिटके सफेद बादलों के धब्बे। कभी काले-भूरे ढेर सारे धब्बे, तो कभी इधर-उधर डोलते पंछी। इन सबके बीच उसे तरह-तरह की आकृतियाँ उभरती नजर आतीं। आकृतियाँ बनतीं…धीरे-धीरे बिगड़तीं…फिर कुछ और शक्ल ले लेतीं। कभी हिलते-डुलते बादलों का एक टुकड़ा छितर कर अलग हो जाता और थोड़ी देर बाद उस टुकड़े के बीच में उसे एक छोटे बच्चे का चेहरा नजर आने लगता। धीरे-धीरे यह चेहरा गोल से लम्बोतरा होने लगता—फैलता जाता और फिर एक चौड़ा दाढ़ीवाले का चेहरा बनने लगता। देखते-देखते वह दाढ़ी और फैल जाती। बादलों की नोकें, कुछ किनारे तथा कुछ ऊपर को निकल आतीं और लगता कि अब कोई राक्षस का चेहरा है…थोड़ी देर बाद वह भी गायब। पता चलता कि बादलों के टुकड़े रुई के रेशे बनकर चारों ओर छितर गये हैं।

वह जब तक चाहे छत की मुंडेर पकड़े खड़ा रह सकती थी—आसमान ताक सकती थी। दूर जहाँ आसमान से रुई के फाहे हरे खेतों में उतर रहे थे उन्हें नीचे जमीन में बिखर कर अन्दर समाते हुए देखती रह सकती थी। उसे मालूम था कि उसे कोई आवाज नहीं देगा। उसे कोई यह भी नहीं कहेगा कि इतनी देर से छत पर चढ़ी क्या कर रही है। कोई उलाहना देती आवाज नहीं थी कि इतना काम पड़ा है…कौन

पूरा करेगा ? और तो और कोई यह भी कहने वाला नहीं था कि इतनी देर से ऊपर चढ़ी हुई क्या देख रही है ? किसको ताक रही है ?

किसी ने उसे नीचे उतार कर कभी झिंझोड़ दिया होता…हाथ पकड़ कर खींच लिया होता ऊपर से धक्का देकर नीचे गिरा दिया होता तो शायद उसके बदन की हरकत बरकरार रहती। उसका सीना हमेशा ही तेजी से ऊपर नीचे होता रहता। तब शायद उसकी ओढ़नी बार-बार कंधे से खिसकती और थोड़ी-थोड़ी देर बाद उसे अपने सिर और सीने पर फिसलती ओढ़नी को जमाना पड़ता।

लेकिन उसे कभी इसकी जरूरत ही नहीं पड़ी। उसकी पत्थर की आँखें हमेशा स्थिर रहतीं। कंधे चुप। सीना सर झुकाए मौन और ओढ़नी सहमी-सी चुपचाप दुबकी रहती, जैसे लट्ठे पर लिपटी !

अपने घर में उसे हर वक्त चख-चख सुनने की आदत थी। माँ और बावा के बीच कभी तकरार तो कभी गाली-गलौज या फिर रोना-धोना। उसका बाबा अक्सर ही रात को देर से आता। कभी-कभी आधी रात हो जाती। फिर उसके आने पर कोहराम जरूर मचता। माँ समझ जाती कि फिर जुए की फड़ में बैठकर आया है। बाबा के फड़ में बैठने का मतलब ही था कि साथ में दारू पीना और इतना पीना कि होश खो बैठना। यह उसका शौक था और इसी शौक में वह अपनी और सबकी जिन्दगी हार गया।

माँ उबलती-उफनती रहती। रात गये मुँह चुराता वह चोरों की तरह घर में घुसता। उस समय एक लफ्ज भी उसके मुँह से निकलना कयामत होता। माँ का उबाल बाहर आ भभक उठता। चारों तरफ आग के शोले बरसते। भाप के कतरे बिखरते-बहते। चीख-चिल्लाहट-धरपटक। माँ कभी सर पीटती और कभी खुद पिटती, गालियाँ देती। अन्त में बाबा भी लुटा-पिटा कोने में पड़ा रहता।

इस चीख पुकार में उसकी और उसके छोटे भाई महताब की चिल्लाहट और जुड़ जाती। वे दोनों डर के मारे जाग जाते और रोने

लगते। फिर वह आदी हो गई थी इस शोरगुल और कोहराम की। महताब को सटा लेती अपने से और दोनों सो जाया करते। माँ और बाबा की धमाचौकड़ी चलती रहती।

माँ रोती थी, आँसू बहाती थी। झींक-झींक कर अपना माथा ठोंकती थी। गालियों का ऐसा-ऐसा खजाना निकालती कि बस ! लेकिन इसके बावजूद माँ हँसती भी थी। कभी-कभार जब बाबा शाम को घर पर ही रहता तो उसके पके-अधपके बालों में तेल लगाती। मुँह हाथ धो कर धुली सलवार कुर्ती चढ़ा लेती। उन दोनों से खुशी-खुशी कहती कि, 'जाओ। खेल आओ बाहर ··' और खुद अपने हाथ से रसोई परोस कर अपने सामने बिठाकर बाबा को खाना खिलाती।

हाँ ! एक दिन बाबा घर पर ही था लेकिन माँ ने उस दिन कोई शृंगार नहीं किया। उस दिन बाबा दोपहर को ही घर पर आ गया था। लगता था कि कहीं से पिट-पिटा कर आया है। किसी से शायद झगड़ा हो गया था। बाल बिखरे थे। मुँह सूजा हुआ था। एक दो जगह खरोंच भी थीं।

माँ पहले तो घबराई। हल्दी चूना तलाशने लगी। हल्दी चूना लगाते-लगाते, धीमे-धीमे बातें करते-करते जोर की आवाजें आने लगीं। ताज्जुब, उस दिन बाबा बिल्कुल नहीं चिल्ला रहा था। कभी-कभार एकाध लफ्ज बोल जाता। माँ उसे गालियाँ दे रही थी। उसे सड़ा-सड़ा कर मार रही थी। उसकी सात पुश्तों को कोस रही थी और नरक भेज रही थी। बाबा चुप लगाये—एक बार भी नहीं उठा मारने के लिये।

चीखते, गालियाँ देते जब माँ थक गई तो फिर उसने रोना शुरू कर दिया। मुँह में कपड़ा डाल कर वह सिसकने लगी। अन्दर ही अन्दर वह रुलाई घोंट रही थी। चीखने-चिल्लाने और मारने-कूटने की बात तो हर घर में आम होती है इसलिए कोई पड़ोसी ध्यान नहीं देता लेकिन रोना सुन कर तो सब आ जाते हैं, इसलिए माँ जितनी जोर से चिल्लाकर गालियाँ दे रही थी, उतनी जोर से रो नहीं पा रही थी। अपनी रुलाई मुँह में ठुँसी ओढ़नी के हवाले करनी पड़ रही थी उसे।

ताज्जुब हुआ था बन्तो को। ऐसे तो मां कभी नहीं रोई। ऐसे तो

तब भी नहीं रोई थी जब गाँव का नम्बरदार उनकी भैंस खोल कर ले गया था।

उसके बाबा ने नम्बरदार से रुपये उधार लिये थे। घर का छप्पर ठीक कराना था। वे रुपये न जाने कहाँ नशे-पत्ते में उड़ा गया या कहीं किसी को दे आया—भगवान जानें लेकिन छप्पर ज्यों का त्यों टपकता-बरसता रहा। लम्बे तकादे के बाद फिर एक दिन नम्बरदार आया और बाहर लड़ावनी के पास बँधी उनकी भैंस को खोलकर ले गया।

इत्मीनान से मुँह चलाती भैंस अचकचा गयी थी। दिन छिपने को था और दूध निकालने का समय हो रहा था। इस समय सिर्फ माँ ही उसके पास जाती। किसी और को वह हाथ लगाना तो दूर पास भी फटकने न देती। दूध निकालने का काम सिर्फ माँ करती थी। माँ की जगह एक अजनबी आदमी के हाथ में उसकी रस्सी। भैंस ने सिर हिला कर सींग दिखाये और पैर धरती पर जमा प्रतिरोध किया। लेकिन जब नम्बरदार के लड़के ने पीछे से कस-कसकर डंडे जमाये और नम्बरदार मजबूत हाथों से रस्सी खींच उसे घसीटता हुआ ले गया तो बाँ···बाँ··· बाँ···करती, पीछे मुड़-मुड़ कर याचना करती भैंस आगे को कदम दर कदम घिसटने लगी।

—'आग लगे नास पीटे। तेरे कीड़े पड़ें। घर के ढोर डंगर को भी भकोस जायेगा···सब पी जायेगा···दुधारू भैंस खुलवा दी तूने···नरक में जाय सत्यानासी ··कुनबाखाने ··।'

माँ चीख-चीख कर बाबा को गालियाँ देती जा रही थी और ऊँचे स्वर में रोती जा रही थी। सारा आस-पड़ोस जुट आया था। सब तमाशा देख रहे थे। कोई छिपाने वाली बात न थी। जो कुछ था सब खुल्लम खुल्ला। कर्जे के पैसे नहीं चुकाये तो नम्बरदार भैंस खोल ले गया। बहुत सीधी बात। कहन सुनन की कोई गुंजायश नहीं।

लेकिन उस दिन। माँ की रुलाई न रुक पा रही थी। ओढ़नी मुँह में ठुँस-ठुँस कर आधी रह गयी। वह माँ के पास गयी। उसे चुप कराना चाहती थी वह। अपनी गुसमुसैली ओढ़नी से माँ के आँसू पोंछने चाहे थे। हाँ! फिराक पहनना तो वह काफी पहले छोड़ चुकी थी। सरपंच के

लड़के ने जिस दिन उसकी बाँह में जोर से चिकोटी काटी थी कि नील पड़ गयी थी—उसके बाद से माँ ने उसका फिराक पहनना बन्द करा दिया था। उसकी सहेलियाँ गाँव के स्कूल के बाद पढ़ने के लिये कस्बे के मिडिल स्कूल जाती थीं, वे अभी तक फिराक पहनती थीं। वह क्योंकि आगे पढ़ने के लिए नहीं गई, उसे हरदम वहीं गाँव में रहना था इसलिए उसने सलवार कमीज डालना और सिर पर ओढ़नी लेना शुरू कर दिया था।

तो वह माँ का भीगा हुआ चेहरा पोंछना चाहती थी कि माँ ने हुलक कर उसे गले से लगा लिया। चिपका लिया उसे अपनी छाती से। भींच लिया था—इतनी जोर से कि उसका दम घुटने लगा था। इतना दुलार तो माँ ने उसे कब्भी नहीं किया। कब्भी भी नहीं—उसे ठीक याद था। उसका दिल बैठने लगा था।

शाम होते-होते, अँधेरा उतरते-उतरते बलवीरा आया था। अपनी उसी जानी-पहचानी साइकिल पर। पहियों पर मिट्टी कीचड़ और हत्थों पर फुन्ने लटके हुए।

बलवीरा के आने पर माँ हमेशा भीतर चली जाया करती। झींकती बुदबुदाती रहती।

—'फिर आ गया जमदूत-सा! किस जणम का बैरी ऐ। हे भगवान! कभी पीकर पड़ भी नहीं रहता पटरी पर! खुद अपणी जिन-गाणी तो बरबाद की बैरी ने, अब इस मुये को भी साथ ले के डूब्बेगा।' अक्सर उसके आते ही बाबा उसके साथ चला जाता। फिर कभी रात—आधी रात या कभी-कभी दूसरे दिन आता और एक हंगामे का मसाला तैयार हो जाता।

लेकिन उस दिन! माँ बलबीरा के आने पर गालियाँ नहीं दे रही थी! रो रही थी! चुप-चुप रो रही थी। उसने बलवीरा के आने पर खाट बिछाकर उस पर दरी डाली और उससे बैठने को कहा। चुपचाप बन्तो के हाथों उसके लिये खाने की थाली भिजवायी। उस दिन उसने दाल बनाई और सब्जी भी। बलवीरा उस दिन पहले से ही चढ़ा कर आया था। वह चुपचाप खा रहा था और वह गरम रोटी लाकर उसकी

थाली में डाल रही थी। उसका बाबा उसके पास ही चारपाई पर सिर पकड़े बैठा था।

खाना खाकर पूरा एक लोटा पानी चढ़ाकर एक जोर की डकार ली थी बलवीरा ने और वहीं पसर गया।

—'जल्दी कर दो। रात हो जावैगी। सैकल से भी दो घंटा तो लगणा ही ऐ···' पता नहीं किसको सम्बोधित किया था उसने।

उसकी माँ का रोना बढ़ गया। उसके भीतर आने पर माँ ने उसका एकमात्र अच्छा जोड़ा निकाल कर उसे पहनने के लिए कहा। गोटा लगी ओढ़नी जो उसे अपनी किसी रिश्तेदारी में शादी पर मिली थी—माँ ने उसे ओढ़ाकर ठीक से उसका सिर ढंक दिया और उसे लाकर बलवीरा के सामने खड़ा कर दिया था। एक बार फिर उसकी रुलाई फूट निकली थी।

बन्तो ने बलवीरा को इससे पहले कभी ठीक से नहीं देखा था। वह आता तो बाबा उसके साथ चला जाता। माँ भी उसे बलवीरा के सामने न आने देती। वह कहती कि 'नशेड़ी और जुआड़ियों का कोई भरोसा नी होता।'

एकाध बार वह बोतल लेकर आया तो माँ ने उसे भीतर भेज दिया। खुद जाकर लोटे में पानी, गिलास और तश्तरी में कटी हुई प्याज टमाटर देकर आई।

लेकिन उस दिन माँ खुद उसे कंधे से पकड़कर बाहर ले गई।

—'बन्तो, ये बलवीरा ही अब तेरा मरद ऐ। तू उसकी बीरबानी से। जा बेटी···आज से तेरा लिलार इसके साथ ही बँध गया।'

वह अचकचा गई। माँ ये क्या कह रही है? 'हाय अम्माँ'···उसे लगा कि उसके मुंह से बोल नहीं निकल रहा। जैसे किसी ने उसकी छाती पर घूंसा मारा हो—जोर से। हिल गई वह भीतर तक। उसकी टाँगें काँपने लगीं। उसने माँ का हाथ कसकर पकड़ लिया। ऐसे कौण किसका मरद और कौण किसकी बीरबाणी होती है। सादी हो—बारात आवे··· नाच गाना···दावत···। बिना बन्तो को कुछ बताये—बिना कुछ किए ऐसे ही किसी के हवाले कर दिया लुगाई बनाकर?

कुछ पल बाद उसकी सांस वापस लौटी। लेकिन आँखों में निरी रेत भर गई थी इसलिए नजर ऊपर नहीं उठा पाई। मां की ओर मुड़ी थी वह धीरे से और पूछा था,—'अम्मा ! ऐसेई कैसे ? अभी म्हारा बियाह तो हुआ ही नी।'

माँ की रुलाई का वेग और बढ़ गया।—'करमजली ! म्हारे जैसे पापियों के घर जणम लेगी तो ऐसी ही सादी लिखी होगी। जा बेटी ! भगवाण चाहेगा तो सुक्खी रक्खैगा···' और उसने हाथ जोड़कर ऊपर उठा दिये।

उसके बाद कुछ भी नहीं कहा बन्तो ने। पैर भी नहीं जमाये धरती पर। पीछे मुड़कर देखा भी नहीं अम्माँ और बाबा को। बिना पैर घिसटे···बिना चीखे चिल्लाये·· वह चुपचाप चल दी थी बलवीरा के साथ।

थोड़ी दूर चलने के बाद गाँव छूटने लगा था। खेतों से होकर गुजरती पगडण्डी पर आ गये थे वह लोग। ट्यूबवैल के पास पहुँचने पर बलवीरा ने उसे साइकिल के डंडे पर बैठने के लिए कहा। लट्ठे पर लगे बिजली के लट्टू की रोशनी में उसने पहली बार बलवीरा को ध्यान से देखा। उसके बाबा का दोस्त था बलवीरा लेकिन बाबा की तरह खिचड़ी बाल नहीं थे। तेल लगे चिकने-चुपड़े बाल करीने से संवारे थे उस दिन। मूँछें जरूर बड़ी-बड़ी नंबरदार जैसी थीं। बदन भारी गाँव के सरपंच चाचा जैसा। थोड़ा-थोड़ा पेट भी उनके जैसा ही निकला हुआ था। जितना चेहरे पर उम्र का पक्कापन उतना ही पक्का रंग भी था जो लट्टू की रोशनी में और चमकीला दिख रहा था। आँखें भारी-उनींदी। खूब दाब कर रोटी खायी थी इसलिए नींद आ रही थो शायद।

वह डंडे पर उचककर बैठ गयी। पहली बार उचकने पर गिरने लगी तो बलवीरा ने थाम लिया और कमर से पकड़कर उसे एहतियात से बिठा दिया। फिर धीरे से खुद बैठा था गद्दी पर।

उसकी पीठ बलवीरा के सीने से टकरा रही थी। अजीब खट्टी पसीने की बू आ रही थी उसके पास से। वह एहतियात की वजह से धीरे साइकिल चला रहा था या कि उसे ही लग रहा था।

--'ठीक से बैट्ठी रहना'—'गिरणा मत्त'—'सोणा मत्त' जैसी हिदायतें थोड़ी-थोड़ी देर बाद देता जाता। जिस तरह बन्तो का मुँह बन्द था उसी तरह उसने अपना दिमाग भी बिल्कुल बन्द कर लिया था। सोच का कोई कतरा नहीं था उसके भीतर। ध्यान जाता कभी तो खेतों के बीच से गुजरती साइकिल की सरसराहट पर। इधर-उधर हवा में उड़ते जलते-बुझते जुगनुओं पर। हैंडल से लटकते लगातार इधर-उधर डोलते फुन्नों पर। या अपनी ओढ़नी पर जो एकदम नयी थी और उसे डर था कि कहीं इधर-उधर साइकिल में फँसकर फट न जाये···और यूँ ही अँधेरे-अँधेरे में पूरा रास्ता कट गया था।

बन्तो को लगा कि अच्छा हुआ जो वो यहाँ आ गयी। बलवीरा का तो बड़ा रौब ! घर के अन्दर भी और घर के बाहर भी। पूरे गाँव में।

गाँव भी कैसा। कस्बे के बराबर से लगा। नीचे दो कमरे का पक्का मकान। सामने छप्पर छाया दल्लान। बड़ा आँगन। कोने पर ढोर डंगर बँधे। ऊपर मुंडेर वाली छत। खाने-पीने की कोई कमी नहीं।

एक बूढ़ी--कमीज के ऊपर धोती लपेटे, बाहर आई। खासी तन्दुरुस्त। उसकी खाई-पी शक्ल आते हुए बुढ़ापे को ठेंगा दिखा रही थी। उसने असीस भर लीं बन्तो की। अन्दर ले गई। दूसरे दिन उसे एक नया जोड़ा पहनाया। गाँव की सभी बीरबाणियाँ आईं। मुंह देख गईं उसका और टपका गईं कानों में सीसे की बूंदें। बलवीरा की पहली लुगाई कब की सरगवासी हो गयी थी। उसका ऊँचा धंधा। रोज पुलिस की आवाजाही। घर में तलबगारी। कौन अपनी छोरी देता।

—'कैसी मलूक दुल्हन ! फूल जैसी ऐ।'

—'के नाम री तेरा ?'

—'बन्तो। अरे बन्तो— रानी बनाकर रक्खैगा बलवीरा।'

—'पाँच हजार पूरे गिने हैं री उसने'···कोई फुसफुसाई थी पड़ोसन के कान में।

—'के उमर है अभी छोरी की ! अभी तो इन्तजार करेगा बलबीरा।

पाँच हजार में कोई घाटा नी ।'

—'अरी चाची ! बहू तो छाँट के लाई । ए बलवीरा की तो छोरी लागँ—छोरी । लुगाई ना लागँ । हाय कित्ती प्यारी ऐ । बधाई हो चाची ।'

बन्तो सिर झुकाये बैठी रही । झुके-झुके उसकी पीठ दुखने लगी । रात में अपनी कुठरिया में आधी जगी और आधी सोयी-सी जब करवट बदलती तो लगता कि दरद टीसें मार रहा है ।

घर में बुढ़िया के अलावा बलवीरा का छोटा भाई । शादी हो गई थी उसकी लेकिन गौना नहीं हुआ था । घर का मामूली काम । सवेरे और शाम की रोटी पानी । पकाकर रख दिया । न किया कभी तो बुढ़िया कर लेती । पानी के लिए कोने पर हत्थे वाला नल । अपने घर की तरह जाना नहीं पड़ता कहीं पानी लाने के लिये ।

बन्तो अच्छा खाती-अच्छा पीती । बलवीरा तो कभी-कभी घर आता । कभी दो-चार दिन तो कभी हफ्ता भर गायब । घर पर रहता तो वह भी न रहने के बराबर । रात में जब कभी आता तो उसे अँधेरे में भी उसके आने का पता चल जाता । वही खट्टी बू फैल जाती पूरी कोठरी में और वह सिमट जाती । गठरी-सी बनकर एक ओर हो जाती । नहीं । घोंघा बन जाती जिसके हाथ पैर—आँख मुँह सब बन्द हो जाते पथरीले खोल के भीतर । बलवीरा भी चुपचाप किसी कोने में पड़ रहता और मुँह अँधेरे बाहर निकल जाता ।

बस···ऐसे ही दिन बीतता और ऐसे ही रात बीत जाती । फिर दिन होता—वह उठती—झाड़ू बुहारी करती—रसोई करती—पका कर धर देती चूल्हे पर । बुढ़िया सबको परोसती । ढोर डंगरों की सानी भी बुढ़िया करती । बन्तो को भी खाना निकाल कर वही देती । जितना उसे थाली में निकाल कर देती—वह खा लेती । उसे पता ही नहीं चलता कि कितना खाना चाहिए उसे या कितना खा लिया उसने । थाली खाली देख उठ जाती । बरतन धो-धाकर चौका लगा देती । साँझ को फिर वही रोटी-पानी । काम निबटाकर अपनी कोठरी में पड़ रहती ।

बलबीरा की माँ ने सचमुच उसे दुलारा था । बन्तो उसे बहुत प्यारी

थी। बन्तो ने उसे मान दिया था। इज्जत बख्शी थी। लोग बाग बलवीरा के लिए क्या-क्या कहते। न जाने क्या उल्टा-सीधा धन्धा करता कि आये दिन पुलिस उसे पूछने आती। एक बार तो कई महीने गायब रहा। तब भी क्या कुछ न कहा था गाँव वालों ने उसके लिये। लोग कहते कि इन्हीं रंग ढंग के पीछे कोई अपनी छोरी ना देता था बलवीरा को।

बन्तो घर में आई तो सारी कालिख धो दी उसने। कितनी बार जब बलवीरा रात में आता और बन्तो की कुठड़िया में जाता सोने के लिए तो बुढ़िया कान लगाये रहती। कुछ सुनना चाहती थी वह। कुछ बातचीत···कोई आहट···हँसी···फुसफुसाहट···चूड़ियों की खन-खनाहट···कोई तकरार···न सही तो कोई झगड़ा·· लेकिन कुठड़िया तो जैसी खामोश थी वैसी की वैसी ही रहती। एकदम मुर्दा। रात के अँधेरे की तरह चुप···सन्नाटे में डूबी। इसी के साथ बुढ़िया का दिल भी डूबने लगता। कालिख तो धुल गई थी बलवीरा की लेकिन चार साल से ऊपर होने को आये। बन्तो के पैर भारी होने के कोई आसार ही नहीं। ऐसे मुर्दाघाट में कोख क्या खाक भरेगी उसकी।

यूँ अभी उमर ही क्या है बन्तो की। उमर तो अब चढ़नी शुरू हुई है। कहीं इधर-उधर पैर पड़ गया। ऊँच-नीच हो गयी। बलवीरा का तो ये हाल है। मेहमान की तरह से आता है। कहीं ये छोरी भाग गई घर से। किसी और के बैठ गयी। सारे किये धरे पर पानी फिर जायेगा। बलवीरा फिर बदनाम होगा। लोग फिसकियों में उड़ायेंगे उसे। लाख पुलिस में नाम दर्ज है उसका। कुछ भी धंधा करता है वह। लेकिन कैसा रौब है गाँव में। पीठ पीछे कुछ कहें, सामने सब नजर नीची किये रहते हैं। कोई चूं नहीं करता। दुश्मनी कोई मोल न लेना चाहे।

फिर भी···लोगों की जबान। कब तक रुकेगी। एक बार मखौल बना तो फिर सारा रौब झड़ जायेगा पतझड़ के सूखे पत्तों की तरह। डर के मारे चाहे न बोलें सामने लेकिन बैरियों की भी कमी नहीं। ले उड़ेंगे चुटकियों में।

बन्तो का मुंह देखती तो बुढ़िया का जी उमड़ आता। जैसा मुर्दा

सन्नाटा उसकी कुठड़िया में जमा रहता वैसा ही मरघट उसके चेहरे पर भी फैला होता। सूनी मुर्दार आँखें। चिपके होंठ ! सपाट पत्थर पर लिखा चेहरा। कहीं कोई हरकत नहीं। यहाँ तक कि उसके बाल भी कभी न हिलते, न इधर-उधर बिखरते।

यही देखकर बुढ़िया आश्वस्त होती। उसे बन्तो की ओर से कोई खतरा नजर नहीं आता। बन्तो ने उसकी लाज रख ली थी। उसके घर की लाज। उसके बलवीरा की लाज।

पहले अपने घर में जब बलवीरा आता तो वह सामने आने से बचती थी। अब यहाँ बलवीरा जबं कभी सामने पड़ता तो वह बचता था उससे। बन्तो सोचती इसी बलवीरा से सब डरते हैं ? इसी को बहुत खतरनाक कहते हैं ? कोई उसे छेड़ने की—तकरार करने की हिम्मत नहीं करता। लेकिन उसे तो वह अपने बाबा जैसा ही लगना। अम्माँ की गालियाँ सुनता—दबा-दबा—सर झुकाये। उसके सामने थाली परोस कर ले जाती तो चुपचाप खाता रहता—नपा-तुला जरूरत लायक बोलता—बस।

दो एक बार बुढ़िया ने उससे कहा कि वह चाहे तो एक दो दिन के लिए अपने घर हो आये। चली जाय सबसे मिलने।

लेकिन बन्तो ने सर हिला दिया। मना कर दिया। क्या करेगी जाकर ! यूँ कभी-कभी उसे रोती हुई अम्माँ—सर झुकाकर बैठे हुए बाबा और सहमे हुए छोटे भाई का ख्याल आ जाता। पता नहीं नंबरदार ने भैंस लौटाई या नहीं।

एक ही साल में दो बातें एक साथ हुईं। बलवीरा के छोटे भाई सतबीरा का गौना हुआ था और उसके कुछ ही दिनों बाद बलवीरा की लाश गाँव के बाहर नाले में पड़ी मिली थी।

एक खुशी का मौका तो एक बड़ा हादसा। लोग कहते थे कि माल के बँटवारे पर झगड़ा हुआ था और बलवीरा को उसके ही साथियों ने गोली मार दी थी। दो दिन से बलवीरा घर नहीं आया था। तीसरे

दिन किसी ने खबर दी। उसकी लाश गाँव के बाहर नाले में पड़ी थी।

बुढ़िया तो जैसे पगला गई। छोटे सतबीरा की लुगाई को गालियाँ देते उसका गला बैठ गया। न जाने कैसा पैर लेकर आई थी सत्यानासी। सतबीरा मुँह छिपाये फिर रहा था और उसकी लुगाई कुठड़िया में बैठी सुबक रही थी।

और बन्तो ! वह तो जस की तस। मानो उसने किसी दूर के पड़ोस की खबर सुनी हो। एक दिन बलवीरा के साथ साइकिल पर बैठकर जब वह आई थी तो अपना दिल पीछे से खाली कर आई थी। एकदम खाली दिल और रीता दिमाग लेकर आई थी वह। बलवीरा की मौत की खबर के वक्त भी उसका दिमाग वैसा ही रीता था···एकदम चुप। उसकी आँखें हमेशा की तरह सूनी थीं···शून्य में कहीं टिकने का आधार खोजती हुई।

बुढ़िया ने उसे गले से लगा लिया और रोने लगी थी। वह तब भी चुप थी। वैसी ही चुप जैसी अपनी कुठड़िया में रहती। जैसी बलबीरा के कुठड़िया में आने पर रहती।

लेकिन बुढ़िया रो रही थी। चीख रही थी। न जाने किसे सुना रही थी···ऊपर वाले भगवान को या कुठड़िया में बन्द सतबीरा की लुगाई को।

बन्तो बहुत देर तक बैठी रही। सुनती रही। फिर चीख चिल्लाहट —रोना-धोना बरदाश्त नहीं हुआ तो वह छत पर जाकर खड़ी हो गयी। रेलगाड़ी के गुजरने का समय हो रहा था।

कुछ दिनों बाद बुढ़िया ने सतबीरा को बुलाया। वह काम पर जाने के लिए तैयार था। पास बैठी बन्तो रसोई कर रही थी। चूल्हे पर दाल खदक रही थी और हाथ आटे में सने थे। बुढ़िया ने सतबीरा और उसके सामने जैसे ऐलान किया था कि वह बन्तो को भी अपने घर बिठा लेगा। भगवान ने बहुत दिया है खाने-पीने को। दो लुगाइयाँ रखने में कोई हरज नीं। और कि शहर में मुनीमगिरी छोड़ अब वह खेत सँभालेगा।

बलवीरा नहीं रहा तो अब बटाईदार भी आँख दिखायेंगे। इसलिए घर का काम देखेगा वह···

बन्तो के हाथ रुक गये। उसने नजर उठाकर देखा। बुढ़िया का चेहरा सख्त था। सतबीरा चुपचाप सर झुकाये बैठा था। उसने एक बार सर उठाकर माँ की ओर देखा लेकिन माँ का चेहरा देखकर कुछ कहते-कहते रुक गया। फिर नजरें नीची कर लीं उसने।

बन्तो का दिल चाहा कि अभी उठकर जाये और इन्हीं आटा सने हाथों से बुढ़िया के बिखरे बालों को झिझोड़ दे···हिला दे उसे जोर से··· लेकिन मरघट में भी कहीं दौड़ लगती है? उसके मुर्दा हाथों में इतनी ताकत कहाँ? उसे लगा कि जैसे बुढ़िया का चेहरा नंबरदार के चेहरे में बदल गया है। वैसा ही सख्त। भैंस की रस्सी खींचता—उस पर डंडे बरसाता। बन्तो के बेजान हाथ आटे के भीतर गहरे धँस गये। सतबीरा उठकर चला गया था। उसने रोटी का भी इन्तजार नहीं किया।

रात और दिन पहले की तरह जैसे थे फिर चल निकले। बन्ता भी जैसी थी वैसी ही रही। वैसे ही दिन गुजारती—वैसे ही पहले की तरह रात उकेरती। सतबीरा पहले तो कई दिन नजरें चुराता रहा। बन्तो से कटा-कटा रहा। फिर ठीक हो गया। उसकी लुगाई अब कोठरी से बाहर निकलने लगी। रसोई पानी में हाथ बंटाती। वक्त जरूरत बन्तो से भी दो बोल बोल लेती।

फिर एक दिन बुढ़िया को याद आया। शाम का समय। रसोई समेट रही थी वह। उसी समय बुढ़िया उससे बोली,—'बन्तो आज रात कुठड़िया खोलकर सोना।'

उसके हाथ जहाँ थे वहीं रुक गये। उसने अपने और बुढ़िया के बीच खामोशी की चादर फैलानी चाही लेकिन बुढ़िया ने चादर समेट ली।—'कल मैंने सतबीर को भेजा था तेरे पास। परसों भी। तूने कुठ-ड़िया भीतर से क्यूँ बन्द कर ली?'

वह अब भी खामोश थी। उसे सिर्फ सुनने की आदत थी।

—'खबरदार जो आज बन्द करी तूने ! दरवज्जा खोलकर सोना।'

बुढ़िया पत्थर बरसा रही थी जो उसके पथरीले जिस्म से टकरा-टकराकर बिखर रहे थे।

रात फिर उसकी बन्द कुठड़िया पर आहट सुनाई दी। रुक-रुककर होती···झिझकती-सी आहट। वह थोड़ी देर तक इन्तजार करती रही लेकिन जब वह दबी घुटी थपथपाहट उसके कानों में साँप की तरह रेंगने लगी और बदन पर सरसराने लगी तो उससे रहा नहीं गया। वह उठ खड़ी हुई। धीरे-धीरे दरवाजे की झिरी को चौड़ाया। सामने सर झुकाये सतबीरा को देखती रही थोड़ी देर। फिर बाहर निकल आई और उसके कंधे पर हाथ रख दिया। सतबीरा तनिक-सा झुक आया उसकी तरफ। उसी समय बन्तो को लगा कि उसके भीतर का मरघट ध्वंस होने लगा है। मुर्दा सन्नाटे में शायद कुछ हरकत हुई थी। उसने कंधे पर रखा हाथ सतबीरा की गरदन में डालकर हौले से अपनी ओर खींच लिया। वह उसके और करीब हो गया और उसका सिर बन्तो के कंधे से लग गया। अँधेरे में उसका चेहरा तलाशती उसकी निगाहें सतबीरा की झुकी-झुकी आँखों पर टिक गईं।

एक निश्वास लिया उसने। अचानक उस अँधेरे में उसे लगा कि वह अपने घर के कच्चे आँगन में खड़ी है। पूरा दृश्य एक तस्वीर की तरह जैसे छप गया उसके सामने। सामने गालियाँ देती चीखती-चिल्लाती अम्माँ—कोने में सिर झुकाये दुबका हुआ उसका बाबा—सामने जुगाली करती भैंस की रस्सी थामे उसे खींचता नम्बरदार और पीछे से डंडे मारता उसका बड़ा छोरा— अपने पास खड़े डरे सहमे भाई महताब के गले में हाथ डाले, अपने से सटाये उसे आश्वस्त करती बन्तो···

सतबीरा ने उसकी बाँह से अपने को मुक्त करने की कोशिश में कुछ हरकत की···और बन्तो अपने घर से वापस लौट आई।

उसने अपना हाथ ढीला छोड़ दिया। फिर सतबीरा का सिर अपने मुंह के पास सटा लिया और फुसफुसाई···

—'जा बीरन जा। तेरी लुगाई तेरा इंतजार कर रई ए। मुँह के ताक रिया है मेरे भय्या। जा···अपनी कुठड़िया में···जा उसके पास···'

और जिस तरह से कोठरी का दरवाजा खोला था वैसे ही धीरे-धीरे बिना आहट किये बन्द कर दिया और कुंडी चढ़ा ली भीतर से ।

वापस अपने बिछौने पर जा पड़ी बन्तो । उसे लगा कि जैसे आज नम्बरदार को उसने बिना भैंस खोले वापस दूर तक खदेड़ दिया। थोड़ी ही देर बाद वह गहरी नींद में थी ।

मक्का की रोटी

प्यारेलाल ने घड़ी देखी। सवा दो बज रहे थे। चिंता की रेखाएँ उसके माथे पर चढ़ कर बोलने लगीं। इसके अलावा उसने अभी संग्राम सिंह के चमचे छेदालाल को उसके भाई श्योदान के साथ सूट-बूट डाटे, डोलते-टहलते देखा था। जरूर सुगबुग लग गई होगी उन्हें। उसने तो जहाँ तक हो सके किसी को खबर ही नहीं लगने दी। कह दिया कि कालिज की मास्टरनी मैडम आ रही हैं गाँव में सोशल सर्विस के लिए—उनके साथ कुछ और मेहमान भी होंगे। लेकिन गाँव तो गाँव ही ठहरा! शहर की कानी कुतिया भी आ जाए—भीड़ जुटाने के लिए बहुत है! और फिर···इन बदमशों का कोई भरोसा नहीं। कब भाँजी मार दें—सारा खेल चौपट कर दें। सब लोगों में हँसी हो···फालतू में अपनी अंटी कटे।

'मैडम, अभी तक आए नहीं साब लोग। क्या बात हो गई होगी?' स्वर को काफी समान्य बनाने की कोशिश की थी प्यारेलाल ने।

'वाकई टाइम तो काफी हो गया! क्यों इन्दु जी!' किस्सा सुना रही डॉ० वन्दनागुप्ता का प्रवाह अचानक थम गया।

'अरे मिसेजगुप्ता! इन लोगों का हमेशा ही यही हाल है। हम लोग तो इन्तजार करने के आदी हो गए हैं।'

'आप से अच्छा कौन जानेगा। भुक्तभोगी हैं न आप तो।'

'सच! तीन-चार बज जाते हैं लंच के लिए आते-आते। फोन करो तो पता चलेगा कि साहब हैं नहीं, दौरे पर चले गए। शहर में हैं और भले मानस कभी मिल गए तो बस! अभी आता हूं, अभी पहुँच रहा हूँ।'

'आपके साहब तो चलिए अफसर हैं, पूरे जिले का इन्तजाम संभालते हैं! हमारे साब! आप समझती हैं बहुत टाइम वाले हैं? बिजनेस

वालों का तो कोई समय ही नहीं ! हर चीज बेटाइम। कोई लाइफ ही नहीं ···' और डॉ० वन्दना गुप्ता किसी अज्ञात दुःख की कल्पना से काफी गम्भीर हो गईं।

'सच कहती हैं, बहुत बोरियत होती है। क्या करो बैठे-बैठे। कितना घर सजाओ, कितना घर का इन्तजाम करो···फिर ये सब तो···आखिर इतने सर्वेंट्स हैं···वो भी तो कुछ करेंगे !'

'बिल्कुल सही ! अजी इसीलिए तो शादी के चार साल बाद मैंने फिर से सर्विस जौइन कर ली। न रहूँगी मैं, न रहेगा मेरा इन्तजार ! अपने टाइम पर आओ, अपने टाइम से खाओ और अपने ही टाइम से जाओ, जहाँ जाना हो। न कोई पूछ न ताछ। हम भी खुश, आप भी खुश !'

'मैडम, एक बात····' प्यारेलाल जो अभी वहीं खड़ा था, उसने कुछ कहना चाहा ! मैडम को याद करा देना चाहिए अभी, वरना अफरा-तफरी में कहीं बात रह न जाए !

'प्यारेलाल, चिंता न करो ! डी० एम० साहब कहीं फंस गए होंगे। आ ही रहे होंगे ! गुप्ता जी लेने गए हैं उन्हें। फिर एस० डी० एम० मिश्रा जी भी तो हैं वहीं पर। क्यों···?'

'हाँ जी !'

'अरे, एक साथ जिले के दो बड़े अधिकारी आपके मेहमान बनकर आ रहे हैं, कोई मजाक थोड़े ही है !' और एक चौड़ी मुस्कान से दिलासा दिया उन्होंने प्यारेलाल को ! अपनी इस मुस्कान का बहुत भरोसा है उन्हें। प्यारेलाल शायद लोगों के लेट हो जाने की वजह से ज्यादा ही परेशान है !

'मैडम, यह सब तो आपकी मेहरबानी है', और प्यारेलाल ने हाथ जोड़ दिए। कुछ क्षण खड़ा रहा लेकिन फिर लगा कि वह इस समय बात कह नहीं पाएगा, वहाँ से चला आया।

घर में अम्माँ बिना बात परेशान। उसने कहा था कि साहब लोग

एक बजे तक आएंगे। इसीलिए सारा काम निपटा कर अम्माँ ने चूल्हा तैयार रखा था, गर्म-गर्म मक्का की रोटी बनाने के लिए। बेवजह लकड़ी जलजल कर कोयला बन झर रही थी। चूल्हा बुझा दे तो फिर जलाना पड़ेगा। हाकिम लोगों के सामने धुआँ-धक्कड़ भी तो अच्छा नहीं लगता। तिस पर अम्माँ की बुड़बुड़ अलग, 'कहाँ कौ फजीता ले आए लल्ला। कौन लाट गवन्नरी मिल रुई जने···' अम्माँ इस बात का जरा भी गर्व न कर रहीं कि कलक्टर साहब और दूसरे बड़े आदमी हमारे मेहमान हैं। प्यारेलाल के दिमाग में एक क्षण को कौंध गया—पता नहीं, जो कुछ हो रहा है ठीक हो रहा है या नहीं। थोड़ा बहुत खरच पानी हो गया तो क्या। चार बाहर के मेहमान हों तो आठ अपने गाँव के ही हो जाते हैं। नहीं तो हमेशा के लिए दुश्मनी। प्रधान अनेकपाल और उपप्रधान राजवीर को न्योता देना तो बहुत जरूरी था, वरना टिकने नहीं देंगे उसे ये लोग।

आँगन के सामने कच्चा बरामदा—लिपा-पुता। भगौनों में ढंका-छुपा खाना तैयार था। अम्माँ एक कोने में पीढ़े पर बैठी दीवार से पीठ टिकाए धोती के आँचल से आँखें पोंछ रही थी। शहर से जान-पहचान का एक हलवाई भी बुलवा लिया था कि जरा बता देगा, कौन-सी चीज बननी है, कैसी बननी है। ऐसा न हो कि बस···सचमुच ही सब कुछ गंवारू हो जाए। तीन-चार गाँव-रिश्ते की धी-बेटियाँ जुड़ आइ हाथ बँटाने के लिए। रज्जो जीजी तो खास इसीलिए ससुराल से आ गईं। रोज-रोज थोड़े ही कोई मेहमान जुड़ते हैं घर में और फिर मेहमान भी ऐसे-वैसे ! लोग तो घबड़ाते हैं कलक्टर से बात करते हुए, मिलने के लिए तरसते हैं और यहाँ वह खुद चला आ रहा है आपके दरवाजे। रज्जो जीजी ने खूब हँसी बनाई जब पता चला कि ये हाकिम लोग क्यों आ रहे हैं। सब चोंचले हैं बड़े आदमियों के···अम्माँ कहती है।

वैसे अम्माँ समझती-बूझती नहीं कुछ। इस बहाने कलक्टर साहब से जान-पहचान हो जाएगी। एस० डी० एम० साहब जान जाएँगे। दसियों काम होते हैं इनसे। अनेकपाल का भय्या कितनी जमीन पंचायत की दाबे बैठा है। कुछ उद्धार हो जाएगा यहाँ का, वरना इस करम-

जले गाँव की ओर तो कोई मुँह उठा कर भी न देखे। वह···संग्राम सिंह ···छैला बना फिरता है। रिश्ते का चाचा एम. एल. ए. क्या हो गया··· सरपंच के साथ मिल कर लबे सड़क गाँव की जमीन बेचे डाल रहा है धकाधक ! पटवारी, तहसीलदार सब कान में तेल डाल बैठे हुए हैं। कोर्ट कचहरी करो, अपना पैसा खरच करो लेकिन कोई सुनवाई नहीं। लोग आपको बावला और बताएँ। अब ये लोग कुछ तो लिहाज करेंगे कि अरे खातिर तवज्जो की है, भोजन कराया है, कभी जाओ तो न्याय की बात तो सुनेंगे···

प्यारेलाल इसी गाँव का पढ़ा-लिखा नौजवान है। शहर के पास का गाँव है इसलिए पढ़ाई की सुविधा है। कालिज में पढ़ रहा है वह। बाप उसका राजगिरी करता है। यूँ तो पूरा गाँव ही राज-मजूरों का है। नौकरी करते हैं या दिहाड़ी पर काम करते हैं। थोड़ी-बहुत जमीनें हैं सो कुछ न कुछ पैदा भी होता रहता है।

शहर के बिल्कुल पास होने के बावजूद पढ़े-लिखे लोग बहुत नहीं हैं यहाँ। इसके लिए दूसरी सुविधाओं की भी जरूरत होती है जो यहाँ नहीं हैं। पेट का गड्ढा भरने के बाद फालतू पैसों की जरूरत होती है जो यहाँ के लोगों के पास नहीं है। आसपास के तीन गाँवों की एक ग्राम-सभा है जिसका सरपंच आज तक इस गाँव से कभी नहीं चुना गया। इस नजरिए से भी पिछड़ा हुआ है यह गाँव। पिछले पाँच सालों में प्यारे-लाल शायद इस गाँव का तीसरा या चौथा आदमी होगा जो कालिज में पढ़ रहा है। बारहवीं पास करके अब चौदहवीं में है। जो लोग बारहवीं—चौदहवीं तक पढ़ जाते हैं वे नौकरी पा जाते हैं या फिर यहाँ से चले जाते हैं। इसलिए तो ज्यों का त्यों धरा है गाँव। बिल्कुल बाहर वाले तालाब की तरह जिसका ठहरा हुआ पानी सड़-सड़ कर बदबू देता है और फिर गर्मियों में सूख जाता है।

अभी पंचायत चुनाव हुए थे। अबकी बार भी प्रधान परले गाँव का ही चुना गया। प्रधान भी कैसा एक नंबरी। कुछेक साल पहले भी

अनेकपाल का एक और खानदानी भाई प्रधान था। पूरे पाँच साल खूब धंस कर खाया। यूं पेशे से प्रधान का परिवार भी राजगिरी करता रहा है। थोड़ा पैसा हो गया—और फिर कुछ गोट फिट हो गई तो घर के लड़के ठेकेदारी करने लगे। अब तो खूब फलफूल रहा है उनका यह धन्धा। कुछ अपने हाथ-पैरों की मजबूती और कुछ दादागिरी—पैसा बरस रहा है। बड़ा भाई प्रधान क्या बना, पूरे परिवार ने ग्राम पंचायत की आधी से ज्यादा जमीन दाब ली। आठ-दस भैंसें बाँध लीं वहाँ और डेरी खोल ली। कापरेटिव डेरी वालों की गाड़ी आती है तो जितना दूध पूरे गाँव का इकट्ठा होता है उससे कहीं ज्यादा प्रधान के घर-परिवार का होता है। इस होड़ा-होड़ी में गाँव का सारा दूध कापरेटिव वाले निचोड़ ले जाते हैं। कितनी शिकायत करी इसकी, कितना लिखा हाकिमों को, कोई सुनाई नहीं। आखिरकार बस्ता रख लिया था उसका। लेकिन इससे क्या ? प्रधान फिर भी वही कहलाता था।

बहुतों को मलाल है इसका। प्यारेलाल को भी है। कमबख्त, उसके गाँव में किसी को फुर्सत ही नहीं है कि कोई कुछ सोचे। कोऊ नृप होए ···सब जाहिल हैं, गँवार के गँवार—सोचता है प्यारेलाल।

इसीलिए तो चुनाव में खड़ा हो गया वह। यार-दोस्तों ने भी कहा कि कुछ गाँव के लिए करना चाहिए।

गाँव की सपोट मिली—चुन गया पंचायत का सदस्य। अरे सालिड सपोट हो तो कैसे नहीं अपने गाँव का प्रधान हो सकता है। अब सदस्य हो गया है तो जिम्मेदारी भी बढ़ गई है। खाली नाम का नहीं—कुछ करेगा भी वह इन करबकूटाओं के लिए···इसीलिए तो ऐसा संजोग हुआ कि वन्दना मैडम जी से मुलाकात हो गई है।

यही बात तो वन्दना गुप्ता से उनकी दोस्त अलका पूछ रही है। ढूंढ़ते-ढाँढ़ते अलका ठीक समय पर पहुँच गई, 'यह जमूरा पकड़ कहाँ से लाईं तुम ?'

'अरे मत पूछ। अपन तो आवारा हवा की तरह हैं···मस्त डोलते

रहते हैं इधर-उधर। टकरा ही जाते हैं कभी किसी तिनके से ··पत्ती··· फूल···कभी काँटे से···'

कनखियों से वन्दना ने इन्दु मिश्रा की ओर देखा अपनी इन काव्यात्मक पंक्तियों का प्रभाव देखने के लिए। प्रभाव हुआ था।

'वन्दना जी, यू हैव समथिंग पोयटिक···'

रियली ई ई ई! इन्दु जी, नारीमन ··अपने आप में एक पोयट्री है।' जबरदस्त दार्शनिकता उभर आई थी वन्दना गुप्ता के चेहरे पर।

'अरे हम नारियाँ तो···' इन्दु जी का दिल चाहा कि इसी जोड़ की कोई बात वे भी कहें, लेकिन आगे कुछ सूझा नहीं।

'सच कहती हैं, क्या नहीं कर सकतीं, वन्दना जी ने बात संभाली। आप में तो खुद इतनी ललक है काम करने की, दूसरों को मदद करने की। आप गौर कीजिए। यह पूरा इलाका इंडस्ट्रियल बेल्ट में कन्वर्ट हो रहा है। तेजी से फैक्टरियाँ उठ रही हैं चारों ओर। हम और आप जम कर समाज सेवा करेंगे यहाँ।'

'मुझे तो सच, बहुत शौक है सोशल सर्विस का,' इन्दु जी को बहुत मलाल है। जब कहीं किसी फैंसी ड्रेस या डॉग शो या बेबी-शो में प्राइज डिस्ट्रीब्यूशन हो या महिला उत्थान समिति की अध्यक्षता हो सारे मौके मिसेज डी० एम० हड़प लेती हैं। क्यों न हों, कलक्टर की बीवी हैं। आई० ए० एम० हैं उनके हजबैंड, जबकि मिश्रा जी तो सिर्फ पी० सी० एस० हैं कलक्टर बनते-बनते उनका बुढ़ापा शुरू हो जाएगा।

'मिसेज डी० एम० भी आएंगी क्या?' किसी सोच से उबरते हुए पूछा इन्दु जी ने।

'आना तो चाहिए। दरअसल फरमायश तो उन्हीं की थी। बहुत इन्टरस्टेड थीं वह गाँव में पिकनिक मनाने के लिए।'

'आप मिली हैं उनसे?'

'हाँ! वीमेंस क्लब के दीवाली मेले में मुलाकात हुई थी। डी० एम० साहब भी थे। न जाने किस मूड में वे बोले कि ऐसी दावतों से तो जी भर गया। हम तो तरस गए मक्का की रोटी और सरसों का साग खाने के लिए। क्या आनन्द है जाड़ों में इस भोजन का। मैंने कहा कि हाय रे,

इतनी जरा-सी बात—हम करेंगे आपकी दावत साग और मक्का की रोटी की और वह भी ठीक गाँव में ही, वही अटमॉसफेयर, पूरा आनन्द लीजिए।'

पूरे तीन बजे कलक्टर साहब आए। गुप्ता जी थे, एस० डी० एम० मिश्रा थे। कलक्टर साहब के दो निजी मित्र थे। सभी हॉली डे मूड में। बघेल साहब भी यहाँ पी० डब्ल्यू० डी० में एक्जीक्यूटिव इंजीनियर होकर आए हैं। कलक्टर साहब से गाढ़ी छनती है। दूसरे सज्जन बघेल साहब के मित्र। पी० डब्ल्यू० डी० के ही ठेकेदार। शहर की ज्यादातर सड़कें आपकी ही बनवाई हुई हैं।

'मिसेज गुप्ता, हम तो सिर्फ मक्का की रोटी और सरसों का साग ही खाना चाहते थे। इतना सारा इन्तजाम। आपने तो पूरी दावत ही कर दी।'

'आप तो कमाल करते हैं सर। ये ऊँची दावत है! सब ग्रामीण परिवेश का। एक मौका मिला है हमें तो···' वन्दना जी ताजे फूल की तरह खिली चिड़िया की तरह चहकती कलक्टर साहब के ठीक बगल में बैठी थीं ताकि उन्हें ठीक से सर्व कर सकें, उनका ध्यान रख सकें। पूरा मीनू उन्हीं ने तैयार किया था। पालक-पनीर, पनीर कोफ्ता, रायता, आलू की कचौड़ी, खीर···और फिर सरसों का साग और मक्का की रोटी भी थी, देसी घी में डूबी हुई। सब कुछ विशुद्ध गाँव का है, कुछ भी बाहर का नहीं। हाँ, मेवे का मीठा रायता जरूर उन्होंने प्यारेलाल से कह कर खासतौर से बनवाया था और कहा था कि मेवे वह बाजार से खरीद लाए।

'मैडम'···प्यारेलाल ने वन्दना गुप्ता के पीछे आकर धीरे से आवाज दी थी।

'सर, ये मीठा रायता लीजिए। खासतौर से आपके लिए बनाया है।'

'किसने? आपने?'

'यही समझ लीजिए…'

'मैडम' प्यारेलाल की धीमी आवाज उन्होंने सुनी। वन्दना गुप्ता आगे कुछ कहते-कहते एकदम चुप हो गईं…ये कमबख्त कहाँ से टपक गया।

दूसरी ओर घूम कुर्सी से थोड़ा किनारे की ओर खिसक वन्दना गुप्ता ने सर बाहर की ओर झुकाया। प्यारेलाल पास आया और वह झुका अपना मुँह उनके कान तक लाने के लिए। मैडम के लम्बे खुले बालों से लहराता खुशबू का झोंका। वह सिहर उठा ऊपर से नीचे तक। अभिभूत हो गया वह।

'हाँ, बोलो—प्यारेलाल, क्या बात है?' उन्हें जल्दी थी। कलक्टर साहब कुछ कह रहे थे और वह उन्हें अटेंड नहीं कर पा रही थीं।

'मैडम! ऐसा है, आप कलक्टर साहब को बता जरूर देना…'

'क्या?'

'मेरे बारे में, मैडम। मेरे बारे में…मैंने आपसे…' आश्चर्यमिश्रित स्वर था प्यारेलाल का।

'ओह। यस!!' याद आया वन्दना गुप्ता को। वह तो सचमुच भूल गई थीं। प्यारेलाल ने कहा था कि वह कलक्टर साहब को उसके बारे में बता दे और हो सके तो उनसे मिलवा भी दे। वरन वह अनेकपाल और श्योदान का बच्चा पीछे लगे हैं शुरू से। कलक्टर साहब यह न समझें कि सारा तामझाम प्रधान के आदमियों ने किया है। प्यारेलाल ने यह भी बताने को कहा था कि अगली बार वह प्रधान का चुनाव लड़ना चाहता है। कलक्टर साहब की थोडी-सी कृपादृष्टि हो जाएगी तो काम आसान हो जाएगा।

'अरे इतनी बढ़िया दावत आपने की है। कलक्टर साहब अभी यह तो पूछ रहे थे। मैंने कहा कि यह इन्तजाम यहाँ के एक नौजवान ने किया है, जो समाजसेवा और राजनीति दोनों क्षेत्रों में सेवा करना चाहता है। अभी खाना हो जाए, फिर मिलवाऊँगी तुमको…' मैडम की फुसफुसाहट रेंग गई प्यारेलाल के कानों में।

कलक्टर साहब वन्दना गुप्ता के पास सरक आए। अपनी पतली-

पतली मूँछों में ही मुस्कराए और वन्दना गुप्ता के कान में फुसफुसाए धीरे-से, आपका बड़ा भक्त है ये और फिर गम्भीर हो गए और बड़े तपाक से बोले, 'कमाल है साहब ! सारा इन्तजाम है। यह तो जंगल में मंगल हो गया।'

'मैडम···वो···' प्यारेलाल फिर बेसब्र था।

'सर' वन्दना गुप्ता, कलक्टर साहब की ओर मुखातिब थीं, 'ये ही प्यारेलाल हैं' किसी अनजाने संदर्भ में बोलीं वह।

'कौन प्यारेलाल ?'

'ये प्यारेलाल,' वन्दना गुप्ता ने तुरन्त बात आगे बढ़ाई, 'बहुत उत्साही नौजवान है सर। बी० काम० फायनल का स्टूडेंट है। वेरी डायनेमिक, वेरी स्मार्ट, अपने गाँव के लिए बहुत कुछ करना चाहता है।'

प्यारेलाल की समझ में नहीं आया कि मैडम कलक्टर साहब को यह क्यों नहीं बता रहीं कि वह पंचायत का सदस्य भी है।

'सर, मैंने मैडम जी से कहा था···'

'ये लोग चाहते हैं कि इनके गाँव की गलियाँ खड़ंजा लग कर पक्की हो जाएँ। बहुत गंदगी है गाँवों में सर···'

'ऑल राइट, आई विल सी···' कलक्टर साहब तुरन्त छुट्टी के मूड से निकल कर गम्भीर अफसर बन गए।

'और सर···खाना ठीक था सर ?'

'ऐक्सीलेंट। हाँ·· प्या···रे···लाल···यही नाम है न तुम्हारा···'

'जी सर।'

आगे की बात कलक्टर साहब के मुख से डॉ० वन्दना ने लपक ली, 'प्यारेलाल, आप और आपके साथी हम लोगों के साथ इतने प्रेम से लगे हुए हैं अच्छा क्यों न लगेगा।' वन्दना गुप्ता अपनी मुस्कराहट जारी रखे थीं। फिर उन्होंने प्यारेलाल की ओर आँखों से इशारा किया, वहाँ से जाने के लिए·· कि अब बाद में बात होगी तुमसे।

प्यारेलाल इशारा समझ गया। ठीक भी तो है। किसी के सामने

ही उसकी सिफ़ारिश करने से ज्यादा असर नहीं होता।

डॉ० वन्दना गुप्ता कलक्टर साहब की तरफ मुखातिब थीं।

'सर दरअसल मैंने कहा थोड़ा गाँव वालों को भी अपने साथ इनवॉल्व करना चाहिए। इसीलिए सर्वे वगैरह करने का काम मैंने गाँव के ही कुछ नौजवानों पर छोड़ दिया।' वन्दना गुप्ता दूर खड़े प्यारेलाल की ओर इशारा करके कह रही थीं जिसे प्यारेलाल ने बखूबी देख लिया था।

'समझ गया। इट्स ऑल सो अ पार्ट ऑव योर सोशल सर्विस। वेरी गुड मिसेज गुप्ता।'

कलक्टर साहब सचमुच मूड में थे। वन्दना गुप्ता की समझ में नहीं आया कि कलक्टर साहब यह बात गंभीरता से कह रहे हैं या परिहास कर रहे हैं।

'सर, हम तो अपने सोशल सर्विस के दायरे को बहुत बढ़ाना चाहते हैं ताकि कुछ सॉलिड काम हो सके। हम लोगों का प्लान यहाँ लाइट प्रेसिंग मशीन की फैक्ट्री खोलने का है। गुप्ता जी ने बात की होगी सर आपसे इस प्रोजेक्ट के बारे में...' डॉ० वन्दना गुप्ता की निगाहें कलक्टर साहब के चेहरे पर थीं, उसको पढ़ रही थीं 'और सर, अपने लिए एक छोटी फैक्टरी रेडीमेड गारमेंट्स की शुरू करने का इरादा है...' इठलाते हुए बात पूरी की वन्दना गुप्ता ने। मुस्कराती निगाहें बदस्तूर उनके चेहरे पर टिकी थीं।

'वेरी गुड आइडिया।'

'सर। प्रोजेक्ट तो तैयार है, गुप्ता जी ने आपसे डिसकस किया होगा। हमने हिसाब लगाया है सर। अवर फैक्टरी कैन अक्रोमोडेट मोर दैन टू हंड्रेड फ्राम दीज नियर बाइ विलेजेज। गाँव की औरतों को थोड़ी ट्रेनिंग देकर सिलाई के काम में लिया जा सकता है।' वन्दना गुप्ता धीरे-धीरे मधुर स्वरों में एक साथ सब कुछ घोल कर उनके कान में मंत्र-सा उडेल देना चाहती थीं। ये बातें दरअसल एकांत में ही ठीक से हो पाती हैं—और फिर मूड भी तो देखना पड़ता है।

'हूँ।' कलक्टर साहब एक माचिस की तीली के पिछले सिरे से लगातार दाँत कुरेद रहे थे। पता नहीं खाने के बाद आदतन कर रहे थे

या वास्तव में कुछ फंसा हुआ निकाल रहे थे।

'सर···वास्तव में ऐसे ही ठोस कामों से कुछ भलाई का काम हो सकता है। मैं तो इस क्षेत्र में पहले भी आती रही हूँ। इतने सारे नौजवान लड़के, औरतें···सबकी एक ही बड़ी समस्या···बेकारी···अनएम्पलायमेंट···कभी कुछ पूछो कि क्या प्राब्लम है तो बस ! कहीं कोई नौकरी, कोई ढंग का काम दिलवा दीजिए। अब न पढ़े, न लिखे क्या नौकरी मिलेगी। बस, यही तरीका है बेकारी से, गरीबी से लड़ने का' थोड़ा जोश में आ गई थीं डॉ० वन्दना गुप्ता, भाषण देने के अन्दाज में।

'हाँ, सो तो है।' कलक्टर साहब ने तीली वाला हाथ नीचे कर लिया था। हम लोग तो कुछ को ऋण बांट देते हैं, कुछ को आगे के ऋणों की उम्मीद दिला देते हैं। बस। डाल दिए तिनके मंझधार में कि उट्ठो ऊपर, गरीबी से उट्ठो ऊपर। हो-हो-हो-हो।··· हँस दिए कलक्टर साहब।

वन्दना गुप्ता ने भी चूड़ियों की सी खनकती आवाज में साथ दिया।

इन्दु मिश्रा ने एस० डी० एम० मिश्रा को टोहका मारा, 'वहाँ साहब को छोड़ दिया अकेले उस छम्मकछल्लो के साथ···' और वे उठ कर उधर ही आने लगे।

मिसेज वन्दना गुप्ता ने उन्हें अपनी ओर आते देखा। उन्हें जल्दी बात पूरी करनी थी, 'सर, आपने देख लिया होगा। गुप्ता जी ने प्रोजेक्ट जमा कर दिया है। जमीन तो इसी गाँव की है। थोड़ी प्राब्लम है जमीन के बारे में। वैसे प्रधान और सरपंच दोनों तैयार हैं सर ! पंचायत की जमीन है लेकिन आफ्टर ऑल, फैक्टरी लगेगी तो सबसे ज्यादा इस गाँव के लोगों का ही तो भला होगा। आप चाहेंगे तो जमीन भी मिल जाएगी सर,' वन्दना जी ने फिर खनकती हुई स्माइल दी। सचमुच बहुत खूबसूरत हँसी है वन्दना जी की।

'श्योर। श्योर। आप इतनी समाजसेवा कर रही हैं। फिर तो हमें आपकी सेवा करनी ही होगी हो-हो-हो-हो···' उनका अट्टहास

मानो मुंह तक भरे हुए घड़े से निकल रहा हो, 'तो फिर अगली दावत कब कर रही हैं। प्रोजेक्ट वाली दावत। अरे भाई गुप्ता जी, कहाँ हैं आप ?'

'हाजिर हूँ, सर ! अबकी साग और मक्का की रोटी नहीं चलेगी। अबकी ऊँची दावत होगी सर ?' गुप्ता जी इस बीच चुपके से उनके पीछे आकर खड़े हो गए थे।

एस० डी० एम० मिश्रा और इन्दु मिश्रा ने भी सुन लिया था। वे भी हँसने लगे।

प्यारेलाल दूर से इशारा कर रहा था। मैंडम ने आँखों ही आँखों में जवाब दिया और एक मुस्कराहट फेंक दी उसकी ओर, फूलमाला के अन्दाज में। प्यारेलाल ने तुरन्त उसे लपक लिया।

अब वह आश्वस्त था। घर के अन्दर चल कर देखा जाए—कौन-कौन जीम रहा है। भूख तो अब भी उसे लग रही थी।

सांड़

बुन्देली की समझ में नहीं आता कि हर बार उसकी जिन्दगी में किसी न किसी कोने से कोई सांड़ गर्द गुबार उड़ाता—सब तहस-नहस करता क्यों गुजर जाता है। उसका दिमाग इसी उलझन में डूबा जा रहा था। उसके होशो-हवास डूब रहे थे, बहुत नीचे···गहरे। वह डूबना नहीं चाहता। ऊपर आना है उसे। बहुत काम पड़े हैं अभी। उसके बच्चे··· शब्बी की माँ शब्बो के रिश्ते की बात करने के लिए उसे जाना है कल। उसने याद करने की कोशिश की···आँखें मिचमिचाईं और खोलने का प्रयास किया। सामने काफी लोग खड़े थे···लेकिन बुन्देली को किसी का चेहरा नहीं दिखा। सारे चेहरे आपस में मिल रहे थे···स्याही से लिखे हरूफों पर पानी फिर जाने की तरह···शकलें मटमैली हो रही थीं। फिर, गर्द उड़ने लगी और उसकी आँखों के सामने धूल के गुबार चक्कर काटते ऊपर उठने लगे थे।

पीछे तालाब की ओर से आती आवाज ! सवेरे-सवेरे धोबी घाट खुल गया क्या ? फट्-फट्-फूर्र्र···फूर्र्र···फट-फट-फूर्र्र-फूर्र्र·· यह तो उसी के पैर पटकने की आवाज है···फैल कर चौड़े हो गये नथुनों से गुस्सा बिखेरने की आवाज···ये सब लोग सुन रहे हैं···फिर खड़े क्यों हैं ? भागते क्यों नहीं ? अभी फूर-फूर-फूर करते दुम उठाकर ऐंठते हुए दोनों सांड़ भिड़ जायेंगे······फूह···फूह·· हले हले हले हले···फूह··· फूह·· हांक रहे हैं कल्लू घोसी के लड़के और पण्डत टोला के बच्चे। लाल-लाल खून के डोरे चमकने लगे हैं उन फूत्कार करती आँखों में···सर झुकाकर दौड़ते हुए वे टकराये और एक जोर का विस्फोट···! दर्द और गुस्से की चिंगारियाँ फैल गईं···फिर वे भाग छूटे अलग-अलग दिशाओं

की और···रौंदते-कुचलते-भागते···फुफकार मारते। बाजार के बीच का मुहल्ला। लोग भाग रहे हैं···दौड़ रहे हैं जान बचाने···पुकारना···रोना···चीखना···झगड़ा हो गया···चाकू चल गये···गोली···भाग जल्दी···'अरे नाय—बालकों का खेल—साँड़ लड़ाय दिये।'

—'अल्लाह—तौबा। क्या खेल है।'

और तब छोटे बुन्देली को उसकी अम्मी ने गोद में दुबका लिया था। बचा लिया था उसे। कैसे खतरनाक साँड़ थे और कैसा खतरनाक खेल था। भीतर तक समा गया था वह भय। जनम जिन्दगी उस दहशत को नहीं उतार सकता बुन्देली। आज तो कोई अम्मी की गोद भी नहीं है बचने के लिये···कोई साया···कोई छिपने का ठौर···'बुन्देली ! बुन्देली ! सो गये क्या बैठे-बैठे ! इतना मत घबराओ भाई !'

आँखें खोल दीं बुन्देली ने। वापस लौट आया था वह अम्मी के पास से। बुन्देली—दूध वाला—पहलवान छाप है। बुन्देली जो शब्बो का बाप है—राजू, बस्सू और तन्नू का बाप है···और शब्बो की माँ···कहाँ है वह ? अभी तो यहीं थी···और घूमकर इधर-उधर देखा उसने !

—'घबराओ मत यार। सब ठीक हो जायेगा ! आने दो अभी सबको···' चुप रहा वह ! सर हिला दिया उसने।

ठीक तो तब भी हो गया था जब वह एक बार शहर में फंस गया था ! गाँव से आया था वह खरीदारी करने ! एक तरफ सामान से भरा थैला और दूसरी तरफ ढोर जानवरों के लिये खली से भरा बोरा था। चौधरी अपना ट्रैक्टर लेकर आया था। खास बाजार के चौराहे पर ही मिलने को कहा था उसने।

वह तो आराम से खड़ा था इन्तजार में और मोमफली चबा रहा था कि अचानक भगदड़ मच गई। फटाफट दुकानों में लोहे के पर्दे गिरने लगे। फड़ लगाये दुकानदार अपना सामान उल्टे-सीधे समेट भाग निकले। सब जान बचाकर भाग रहे थे। वह धक्का खाकर गिर पड़ा और उसके पास वाला ठेला टेढ़ा हो गया—मोमफली बिखर गई थीं। हुआ क्या था ?

—'क्या हो गया भैया ? कुछ बताओ तो।'

किसे फुर्सत थी रुकने या कुछ सुनने की।

—'क्या हुआ ? फिर साँड़ लड़ा दिये क्या ? जरूर उन छोकरों की शरारत होगी ! हाँक दिये होंगे बीच बाजार में।'

—'क्या चक्कर है ? कोई बोलता ही नहीं ! अरे ताऊ ! तनिक रुको तो ! इन बालकों की तो मैं खूब जानता हूँ···कुछ काम धाम नहीं···बीच बाजार में जानवर लड़ाते फिरते हैं···'

—'काहे को आँय बाँय बक रहा है लल्लू ! बिजार से भी ज्यादा खतरनाक हैं। दो साइकिल वाले लड़ गये। एक हिन्दू और दूसरा दाढ़ी वाला मुल्ला ! भाग लल्लू खड़ा मुँह ताक रा है···पुलिस···' और ताऊ अपनी गिर पड़ी साइकिल उठा कर दौड़ लिये।

साइकिल वाले ? साइकिलें भिड़ने से क्या चोट लगती है ? अरे—मोटरगाड़ी से—ट्रक से—बस—ट्रैक्टर से भिड़े होते तब तो जरूर कोई मर मरा गया होता !

साइकिलें भिड़ने से तो नहीं—अलबत्ता चाकू लगने से जरूर दो लोग मरे थे उस दिन ! उसे भी भागने का होश तब आया जब उसकी पीठ पर दन् से पुलिस का डंडा पड़ा था। करंट-सा लगा था उसे। खल की बोरी छोड़ भागा था वह···और भागता गया था···भागता गया था। उस दिन भी वह उसी दहशत से भर गया था। मानो कोई साँड़ पीछा कर रहा हो उसका ! पैर उठा-उठाकर पटक रहा हो···दौड़ा रहा हो उसे ! विश्वास ही नहीं हुआ कि सात-आठ मील वह बिना रुके दौड़ता रहा। क्वारसी की नहर के किनारे रामऔतार मिला था। वह न मिलता तो पागलों की तरह न जाने कब तक दौड़ता ही रहता वह।

रामऔतार ने उसे रोका था। संभाला था। बम्बे का पानी सिर पर डाला था उसके ! फिर अपनी साइकिल पर बिठा कर गाँव तक छोड़ गया था।

उसे कभी विश्वास नहीं हुआ कि उस दिन बाजार में साइकिलें भिड़ी थीं। झूठ बोलते थे लोग। जरूर साँड़ भिड़े होंगे। कल्लू घोसी की औलादें और पण्डत टोले के लड़के जरूर पहुँचे होंगे वहाँ साँड़ लड़ाने और खेल तमाशा करने। किसी की जान जाये और ये मजे लेते रहें ! भला साइकिलें टकराने से कोई मरता है ? लोग घायल हो जाते हैं ? ऐसे भग्गी

मचती है ?

लेकिन आज ! अबकी बार किसकी जान मारेगा यह जानवर ! सिहर उठा वह !

तभी तो बुन्देली जानना चाहता है कि यह साँड़ क्यों उसकी जिन्दगी के पीछे पड़ गया है। हर बार उसे दौड़ाता है···दौड़ाते-दौड़ाते बेदम कर देता है। हर बार कहर उसके सर पर ही क्यों टूटता है।

अबकी बार का किस्सा तो दरअसल कुछ महीने पहले से चल रहा है। लगभग चार महीने पहले न जाने किधर किस गुप्त मार्ग से अचानक अवतरित हुए उस साँड़ ने नये ब्लाक के आखिरी छोर की तरफ बन रहे मकानों की ओर रुख किया था और काम से सुस्ता रही एक मजदूरनी को उछाल कर दूर फेंक दिया था।

इस ओर बड़ी संख्या में सरकारी फ्लैट बन रहे हैं। ढेर सारे मजदूर अपने परिवारों के साथ अस्थाई तौर पर वहीं झोंपड़ियाँ डाल कर रहते हैं। ठेकेदार ने मजदूर परिवारों के लिये मिट्टी की चिनाई से ईंटों के दड़बे से बनवा दिये हैं। ऊपर से टीन का छप्पर। किसी दड़बे में दरवाजे की जगह निपट खुली तो किसी में लकड़ी का तख्ता या टीन का टुकड़ा अटकाया हुआ। रात-दिन काम चल रहा है। ऐसा लगता है कि पूरी एक कौम इन इमारतों को ऊपर उठाने में लगी हुई है।

दूर परदेस के मजदूर। ठेकेदार के अलावा किसी से जान पहचान भी नहीं। मजदूरनी की मौत के हादसे पर रो पीटकर, थोडा हल्ला-गुल्ला करने के बाद चुप लगा गये और बात आई-गई हो गयी।

शहर की भीड़-भाड़ से अलग इस ओर बन रहे सरकारी भवनों की एक बड़ी कालोनी पिछले सालों से फैलती चली जा रही है। संभ्रांत पढ़े लिखे लोग ही हैं इस कालोनी में। एक बड़ी संख्या डाक्टरों तथा यूनिवर्सिटी और कालेजों के अध्यापकों की है। यूँ तो नाम बसन्त विहार है लेकिन यह हिस्सा नई कालोनी के नाम से ज्यादा मशहूर हो गया है।

इस कालोनी के लोग इस बात के लिये बेहद जागरूक हैं कि नई

बनी यह कालोनी खूबसूरत और साफ-सुथरी बनी रहे। प्रयास करके कालोनी के बीच में छोड़ी हुई जगह को पार्क का रूप दिया गया है। चारों और रेलिंग लगवाई गई है। किनारे-किनारे छायादार पेड़। बीच में घास का हरा मुलायम बिछौना। इसी तरह सड़कों की सफाई और कूड़ा इकट्ठा न होने पाये इसके लिए कालोनी की मुहल्ला सुधार समिति अक्सर नगर पालिका अधिकारियों से मुलाकात करती रहती है। अध्यापकों-डाक्टरों का मामला है। हर कोई बात सुनता है और काम भी कर देता है।

उस मजदूरनी के मरने पर कालोनी में थोड़ी-बहुत चर्चा हुई और फिर बात आई-गई हो गयी। कुछ ही दिन बाद शाम को टहलने निकले डॉ० अकील अहमद के बूढ़े पिता का उसी पागल साँड़ से आमना-सामना हो गया। न जाने क्यों बिदका हुआ था वह कि उन पर हरहरा कर दौड़ पड़ा। दुबले-पतले तो थे ही अब्बा जान, बेचारे घबरा कर किनारे हट गये और इससे पहले कि अपनी नाजुक छड़ी से वह उसे रोकने की कोशिश कर पाते, गुस्से से फनफनाते साँड़ ने उन्हें उछाल कर ऊपर फेंक दिया। पहले तो वह सामने बिजली के खम्भे से टकराये और फिर जो नीचे गिरे तो उठ न सके।

एकदम हड़बंग मच गई। तुरन्त उन्हें मेडिकल कालेज ले गये जहाँ से दो दिन बाद उन्हें दिल्ली भेज दिया गया। बावजूद तमाम कोशिशों के, बेचारे अब्बा हुजूर चल बसे।

कालोनी एकदम सन्न रह गई। गजब हो गया। अभी करीब महीना भर पहले वह मजदूरनी। अब डाक्टर साहब के बूढ़े पिता।

डाक्टर साहब का बेटा रिजवान। अपने दादा का लाड़ला। दुखी होने के साथ-साथ बेहद नाराज भी था।

—'डैडी। साँड़ ने क्यों मारा दादा अब्बा को।'

—'बेटे। पागल साँड़ है न, वह।'

—'तो गोली क्यों नहीं मार देते आप उसे'—बेटे की आवाज भी मानो गोली दाग रही थी।

डाक्टर साहब अचकचा गये। चारों ओर देखा। ड्राइंग रूप में लोग जमा थे—मातमपुरसी के लिये। हड़बड़ा से गये।

—'ऐसे नहीं कहते बेटे। लोग बुरा मानेंगे।' धीरे से उसे समझाया उन्होंने।

—'क्यों डैडी ?'

डॉक्टर साहब उसे इधर-उधर बातों में लगाना चाहते थे।

—'डैडी ! जब हमारा जैकी पागल हो गया था तो आपने उसे गोली मार दी थी न !'

—'हाँ बेटे, लेकिन वह कुत्ता था,⋯अब तुम अन्दर जाओ। ममी बुला रही हैं तुम्हें।'

—और बेटे को अन्दर भेजकर उन्होंने राहत महसूस की ! अच्छा हुआ सब अपने ही लोग थे यहाँ। वरना पता नहीं कौन नाराज हो जाये ? किस बात से नाराज हो जाये ?

कालोनी के लोगों की फिर मीटिंग हुई। तय हुआ कि उस हलके के दारोगा से साँड़ का आतंक खत्म करने के लिए कहा जाये।

'दारोगा सारी बात सुनकर बहुत भिन्नाया। उसने साफ कह दिया कि जानवर पकड़ना उनका काम नहीं हैं। कालोनी के प्रोफेसर लोगों को समझ नहीं आया कि दारोगा बात समझना क्यों नहीं चाहता।

— दारोगा जी। यह साधारण सड़क में घूमते जानवर का मामला नहीं है। आप तो जानते हैं। कैसा नाजुक शहर है यह। कोई नहीं कह सकता कि किस बात से, किसकी धार्मिक भावनाओं को चोट लग जाये और कब⋯हवा भड़क उठे। बेहतर हो, आप पहले ही इन्तजाम कर दें। दो मौतें कम नहीं होतीं⋯।'

—'प्रोफेसर साहब⋯दारोगा हँस पड़ा। दंगे-फसाद रोकना हमारा काम है। जानवरों को रोकना नहीं। हम दंगाइयों को जेल में बन्द कर सकते हैं—जानवरों को नहीं कर सकते। उनके लिए दूसरी जगह है। आप सब इतने पढ़े-लिखे लोग हैं। जाकर नगरपालिका वालों से कहिये। ये काम उनका है⋯'

बजाय वापस लौटने के, पूरा प्रतिनिधि मंडल उसी समय नगरपालिका चेयरमैन से मिला। चेयरमैन साहब ने उन सभी को आदरपूर्वक बिठाया, चाय पिलाई और तुरन्त कार्यवाही करने का आश्वासन दिया।

सचमुच, दूसरे ही दिन तीन सफाई कर्मचारी मय रस्सी डंडों के साथ उस साँड़ को पकड़ने के लिए भेजे गये।

उस दिन वे तीन आदमी पूरी कालोनी का चक्कर काटते रहे लेकिन वह चतुर साँड़ तो न जाने कहाँ जा छिपा। शायद हवा ने घूमते हुए खतरे की गन्ध उसे दे दी थी। बीड़ी सूतते और साइकिल पर चक्कर काटते, काफी समय उस कालोनी में बिताने के बाद वे लोग खाली हाथ लौट गये।

इसके बाद कुछ दिन तक साँड़ की शक्ल नहीं दिखाई दी। फिर एक दिन दूर धोबियों वाले मैदान की तरफ वह दिखाई दिया। मैदान में एक ओर जमीन पर बिछे कपड़े सूख रहे थे और दूसरी ओर आराम से बैठ कर जुगाली करता गायों का झुंड पसरा हुआ था। उनके बीच वह चमकीला काला कद्दावर साँड़ इत्मीनान से आँख बन्द किये पूर्ण शालीनता के साथ शांति का भाव धारण किये बैठा था। उसके भारी चेहरे पर गर्व और उपेक्षा का भाव ज्यादा ही गहराया हुआ था।

एक से दूसरे को—एक टेलीफोन से दूसरे टेलीफोन को—तुरन्त सबको खबर हो गयी कि साँड़ इस वक्त कालोनी में मौजूद है—नगरपालिका को खबर करनी चाहिए। कुछ लोग जाकर देख भी आये कि सचमुच बैठा भी है या नहीं। वरना यूँ ही धोखा हो जाय और फालतू में लोग आकर चले जायें।

इस बीच इसी देखा-देखी के चक्कर में एक दूसरी राय भी बन निकली थी।

—'कैसा चुपचाप शान्त बैठा है।'

—'इस समय तो कुछ नहीं कर रहा है। आँख उठाकर भी नहीं देखता।'

—'अरे नन्दी देवता हैं। बैठे हैं ध्यान लगाये।'

—'देवता का क्या! क्रोध आ जाये तो सबका संहार कर डालें—वरना शान्त हो ध्यान मग्न हो जायें।'

—'ऐसे में तो कोई कार्यवाही करना ठीक नहीं है हमारे विचार से।'

—'तो क्या कार्यवाही उस समय की जायेगी जब देवता किसी की जान ले रहा होगा'—किसी ने पीछे से जलकर कहा।

नन्दी देवता को सर्टिफिकेट शायद डॉ० रविकांत के बूढ़े पिता जी ने दिया था। यह सुना तो खिसिया गये।

—'मैं तो यूं ही कह रहा था। हो सकता है इसके दिमाग की गर्मी अब ठीक हो गई हो।'

—'बाबू जी आप घबरायें नहीं। नगरपालिका वाले इसे मारेंगे थोड़ी। हिन्दुस्तान में जानवरों की जान की गारंटी जरूर होती है···और किसी की हो या न हो। आप फिक्र न करें। इसे भी पकड़ कर जंगल में छोड़ आयेंगे···'

इस तरफ बहस चल रही थी और दूसरी तरफ डॉक्टर अहमद का भतीजा स्कूटर लेकर भागा नगरपालिका में खबर करने। वहाँ पहुँचा तो पता चला कि चेयरमैन साहब तो आज शहर से बाहर हैं और कर्मचारियों में उस एरिया के लोग किसी और काम पर गये हैं। सो वह महाअभियान भी टल गया।

पूरी कालोनी के लोग अब सावधान थे। बच्चों को हुक्म था कि साँड़ जिस रास्ते पर दिख जाय उधर से कोई न जाय। नौजवान लड़कों को भी सख्त हिदायत थी कि कोई उसे छेड़ने या हाँकने की कोशिश न करे। कोरा एडवेंचर कभी बहुत मंहगा पड़ सकता है।

···और अब आँख मिचौनी जैसा खेल चल निकला। यानी जब नन्दी देवता को पकड़ने नगरपालिका के आदमी आते उस समय उसका दूर-दूर तक कहीं पता न होता। मानो अपनी किसी छठी इन्द्रिय के जरिये उसे खतरे का आभास हो जाता और वह ऐसा अलोप होता मानो उसका कभी अस्तित्व ही न रहा हो। इसके विपरीत जब वह कालोनी या उसके आसपास दिखाई देता तो उस समय नगरपालिका के कर्मचारी आकाश सुमन बन जाते जिन तक पहुँचना मानो युग की सबसे बड़ी समस्या रही हो।

इसके बाद कुछ अर्से तक वह बिल्कुल दिखाई नहीं दिया। लोगों ने समझा कि शायद वह नगरपालिका कर्मचारियों के हत्थे चढ़ गया हो।

लोग उसे अब भूलने लगे और कालोनी में जीवन पूर्ववत हो गया। बच्चों ने शाम को पार्क में फिर खेलना शुरू कर दिया। नुक्कड़ की पुलिया के पास नौजवान लड़के फिर शाम को बतियाते हुए इकट्ठा होने लगे। लड़कियाँ मुहल्ले पड़ोस में हाल-चाल लेने और सखी सहेलियों से मिलने के लिए जाने लगीं···कि एक दिन शाम फिर न जाने कहाँ से वह छलिया साँड़ अवतरित हो गया। बिना किसी आहट के, किसी को नजर आये, जैसे आकाश से टपक पड़ा हो—सबने अचानक ही उसे पार्क में देखा। उस दिन वह फिर क्रोधित अवस्था में था। यूनिवर्सिटी के प्रोफेसर शुक्ला की छोटी बिटिया के पीछे पड़ गया। वह जान बचा कर चीखती हुई भागी। चारों ओर चीख पुकार मच गई। सब समझे कि बेबी तो गई अब···वह तो देवदूत की तरह बुन्देली वहाँ से दूध की बाल्टी लिए गुजर रहा था। उसने क्षण भर में पूरी स्थिति भाँप ली। फौरन बाल्टी एक ओर रख उसने हाथ का डंडा मजबूती से पकड़ लिया और इससे पहले कि वह बौराया साँड़ बेबी के पास तक पहुँच पाता, कसकर एक प्रहार किया साँड़ के सिर पर

···लोग बताते हैं कि उस दिन तो बुन्देली भी पगला गया था। न जाने कब तक उसे पीटता रहा वह कि दुम उठाकर चारों पैरों से कूदता हुआ वह बदमिजाज-हत्यारा जानवर भाग खड़ा हुआ। बुन्देली अगर उस दिन समय से वहाँ न पहुँच पाता तो निश्चय ही कोई अनर्थ हो जाता। बेबी कई दिन बुखार में पड़ी चिल्लाती रही।

इस घटना के बाद फिर एक बार कालोनी में जगार-सी मच गई। अबकी पहल डॉ० अहमद ने नहीं बल्कि एडवोकेट निगम ने की। उनके यहाँ मीटिंग हुई। तय हुआ कि एक सख्त मेमोरेंडम नगरपालिका को तथा प्रशासन को भेजा जाये। अखबारों में इस साँड़ के उत्पात की खबरें छपवाई जायें। उसके बाद भी अगर कोई कार्यवाही नहीं होती तो डिस्ट्रिक्ट मजिस्ट्रेट तथा नगरपालिका अध्यक्ष का घेराव किया जाय। बिना सड़कों पर उतरे तो अब कोई काम ही नहीं होता। अच्छे भले शरीफ लोगों को भी सड़कों पर खड़ा करके मानेगी यह सरकार···

दरवाजे पर खड़ा बुन्देली बहुत देर से साहब लोगों की बात सुन

रहा था। उसकी समझ में नहीं आ रहा था कि ऐसा जानवर, जिससे सभी परेशान हैं, जो अब तक दो जानें ले चुका है और तीसरी जान—जो बाल-बाल बची है—उसके लिए इतने कागज रंगने की और बातों का ढेर लगाने की क्या जरूरत है। बदबू मारने लगे हैं अब तो यह रंगे-पुते कागज के ढेर।

—'हमारी तो राय है साब कि अबकी दिखे वह जानवर तो उठाइए बन्दूक और खत्म कर दीजिए। रोज-रोज का चक्कर ही खत्म।'

—'यार बन्दे अली। तुम तो एकदम एक्शन पर उतारू हो जाते हो।' प्रोफेसर असलम ने उसके नाम का बिल्कुल सही तरीके से स्पष्ट उच्चारण करते हुए कहा।

—'और क्या साब ! रोज की किचकिच खत्म ! बच्चे खेलने को तरस जायें। बड़े बूढ़े बाहर घूमने-टहलने के लिए ना निकलें। हाथ-पैर बाँध दिये इस बिजार ने तो सबके। मेरा बस चले साब तो मैं हर सांड़ को ढूँढ़ कर ख़त्म कर दूँ।' आवेश में आ गया वह।

प्रोफेसर असलम के अब्बा भी वहीं बैठे थे। उनका मानो धैर्य चुक गया हो—लगभग चीख से पड़े।

—'चुप हो जाओ बुन्देली अब ! ऐसे कैसे मार देगा कोई किसी को। हर काम का एक तरीका होता है। तुम तो दंगा करवा दोगे इस तरह।'

—'दंगा ?' बुन्देली का मुँह खुला का खुला रह गया। दंगा करायेगा ? बुन्देली ? वह जो खुद इधर से उधर भागता फिरता है—बचने के लिए। पनाह ढूंढ़ता फिरता है ! उसका साँवला चेहरा और स्याह हो गया। उसके मुँह से कोई बोल नहीं फूटा। क्या बोलेगा वह। कुछ बचा ही नहीं बोलने लायक ! वक्त लगा उसे अपने आपको सँभालने में। धीरे-धीरे बहुत सोचकर आवाज निकली—मानो मीलों भाग कर हाँफता हुआ आया हो—साँस सँभालता हुआ।

—'हम तो बेपढ़े हैं साब ! जाहिल !! हम तो सपने में भी नहीं सोचे थे कि एक मरखने जनावर के पीछे दंगा हो जायेगा जो सबके पीछे पड़ा है ! जिनगी हराम किये है सबकी। उसे खत्म करने से झगड़ा हो

जायेगा। माफ करना साब···माफ करना···'

और वह बाहर आ गया। उसे रह-रहकर अपने ऊपर गुस्सा आने लगा कि उसके दिमाग में यह बात क्यों नहीं आई कि एक बौराये बिजार के पीछे जिसने कालोनी में इतनी वाही-तबाही मचा रखी है···फसाद भी हो सकता है···बड़े लोगों की बड़ी बातें। ठीक ही कहते होंगे। शाम होने लगी थी। वह जल्दी-जल्दी कदम बढ़ाता घर की ओर चला। उसके पौये उसकी राह देख रहे थे। दूध लेने के लिए साहब लोगों के आने का टैम हो रहा था।

इसके बाद का किस्सा तो कोई खास नहीं सिवाय इसके कि कई दिन तो कागजी कार्यवाही में और बड़े अफसर लोगों से बातचीत करने में निकल गये। इन बीच दो बार फिर सफाई कर्मचारी उस आफत के पर-काले को पकड़ने के लिए कालोनी का चक्कर लगा गये लेकिन कोई नतीजा नहीं निकला।

और फिर एक दिन! सवेरे बुन्देली जब उठा तो अपने घेर के बाहर, थोड़े फासले पर उसे एक काला-काला ढेर दिखाई दिया। सवेरा अभी आसमान के एक कोने में ही सिमटा पड़ा था। उजाला फैलना अभी शुरू नहीं हुआ था इसीलिए उसे ठीक से नजर नहीं आया। उसे लगा कि काले कपड़े में लिपटी एक बड़ी-सी गठरी सड़क पर पड़ी है। कौन डाल गया यहाँ पर? या कोई बावला राहगीर राह चलते पसर गया है।

बुन्देली वहाँ गया और झुक कर देखा अधमुँदी आँखों से···जो कुछ वहाँ था उसे देखकर वह जम गया वहीं पर। वहाँ बीच रास्ते पर पसरा साँड़ था···वही कालोनी वाला बावला सांड़। काला, चमकीला, मजबूत सांड़ ढेर हो रहा था सड़क पर। भारी-भरकम गर्वीला थूथन ऐंठा हुआ था और पूरा मुँह झाग से लबालब भर रहा था।

जरूर कुछ जहरीला घास पत्ता खा गया दीखै। लेकिन उसी के दर-वाजे पर क्यों आकर ढेर हुआ? इस भरी-पूरी बड़ी कालोनी में उस गरीब का ही घर बचा था? एक सर्द लहर उसके शरीर से होकर गुजर गयी।

पीठ जैसे लक्कड़ हो गयी। लोग समझेंगे उसी ने कुछ ऐसा वैसा खिला दिया और मार डाला! असलम साहब भी तो सबके सामने कै रये कि मारने मूरने की बात कह के बुन्देली फसाद करवा देगा। अब क्या होगा?

काँपते पैरों से बुन्देली भीतर आया। उसका पहलवान शरीर मानो मुर्दा हो गया था।

—'शब्दो की माँ! शब्बो की माँ! उठ! जल्दी उठ! जल्दी कर। बच्चों को उठा और चली जा अभी। चच्चा के यहाँ चली जा··· उठ!'

सब भौचक। नीम सवेरे एकदम नींद से उठाकर चच्चा के यहाँ भेज रहा है। हुआ क्या?

लेकिन बुन्देली के पास वक्त बहुत कम था। बहस की कोई गुँजाइश नहीं। उसने लगभग झंझोड़ डाला शब्बो की माँ को। सब बच्चों को खींच-खींचकर खड़ा कर दिया।

टूटा-फूटा जो कुछ बुन्देली समझा पाया—सबने सुना और फिर बाहर पसरी हुई उस आफत को देखा। पहले तो बुन्देली की बीबी भी घबरा गयी और रुआँसी हो गयी। बच्चों को लगा कि जरूर कोई मुसीबत आने वाली है। सहमकर दुबक गये वे भी। बुन्देली लगातार अपनी बीबी से इसरार कर रहा था कि वह तुरन्त बच्चों को लेकर चली जाय, वो पीछे से सब देख लेगा। लेकिन उसकी बीवी ने साफ कह दिया—नहीं, वह कहीं नहीं जायेगी। बच्चे भी नहीं जायेंगे।

—'हमन्ने क्या किया? चोरी करी? डकैती डाली? अरे हमन्ने मारा क्या बिजार? ऐसे ही फसाद होता है तो हो जाय। हम ना जा रये कहीं! रोज तो झगड़ा-फसाद हुआ करें—मारा-मारी होय। हमी करा रये का उसे भी···'

इस रोने-धोने और बहस की अफरा-तफरी में कब सूरज चुपके से सिर पर आ गया और दिन चढ़ने लगा—पता ही नहीं चला। राह चलते जब लोग इकट्ठा होने लगे और बुन्देली से जवाब तलब करने लगे तब उसे ख्याल हुआ।

इस बीच कोई अति उत्साही तमाशबीन जाकर थाने में खबर कर आया। 'दारोगा जी आ रहे हैं—दारोगा जी आ रहे हैं—' की आवाज ने बुन्देली को झकझोरा। वह तो मानो निचुड़ गया हो।

घेर के बाहर। खासी भीड़ उस मरे हुए सांड़ को घेरे खड़ी थी। सामने बुन्देली खटिया पर सिर थामे बैठा था। सूखा मुँह। सूनी आँखें। नजरें दूर किसी अनजान बिन्दु पर टिकी थीं। उसे लग रहा था कि यह सांड़ अभी भी मरा नहीं है। वह भीतर घुस आया है। उसके घर में। कहीं बहुत गहरे प्रवेश कर गया है उसकी जिन्दगी में। दुम उठाकर—पैर पटकता धूल उड़ा रहा है। तहस-नहस कर रहा है उसका सब कुछ। किसे मारेगा अबकी बार? किसकी बारी है अब?

दारोगा की आमद के बारे में ऐलान शब्बो की माँ ने भी सुना।

—'जब ये बिजार जिन्दा था—मारामारी कर रहा था तब कोई माई का लाल यहाँ फटका नाय—अब मर गया तो सब आ रये। दारोगा भी आ रया! वह भी बुलायेगी। सबको बुलाकर लायेगी…' और कालोनी की तरफ दौड़ पड़ी वह। इतनी भी सुध नहीं कि पैरों में चप्पल ही सरका लेती। नंगे पैर। भारी शरीर से भथर-भथर भागती—सिर ढंकने की असफल चेष्टा में गुजमुजैला दुपट्टा सँभालती वह भागी चली जा रही थी शुक्ला जी के घर की तरफ। शुक्ला जी को—अकील डाक्टर साब को—असलम साब को—निगम वकील साब को—सबको—जहाँ-जहाँ शब्बो का बाप दूध देता है सबको बुलाकर लायेगी। पूरी कालोनी के लोगों को खड़ा कर देगी। मज्जाक है क्या? ऐसे ही कोई बन्द कर देगा। सबकी जान का गाहक मुआ बिजार जहरीला पत्ता खाकर खुद मर गया। ये शब्बो का बाप—अपनी भी जान दे देगा क्या उसके साथ… भागते हुए उसकी बड़बड़ाहट जारी थी।

उबारने वाले हाथ

किसी को उम्मीद नहीं थी कि चन्दो इस तरह व्यवहार करेगी। बड़े भैया बेहद खिसिया गये थे। सारे प्लान, सारी तैयारियाँ ताश के महल की तरह ढह गयीं। भाभी अन्दर चली गयीं। उन्हें अचानक कुछ याद आ गया था। अंशु अलबत्ता ताली बजाकर हँस पड़ा था—'देखा ! अब नहीं जायेगा कोई हमारे साथ। आ गया मजा पापाजी'— और फिर भैया का सन्न चेहरा देख सकपकाकर चुप हो गया।

बड़े भैया, भाभी और उनके दोनों बच्चे अंजु और अंशु छुट्टियों में आ जाते हैं। उन लोगों के आने पर हमेशा एक उत्सव का वातावरण हो जाता है। कब सवेरे से शाम हुई और रात बीतकर कब दूसरा दिन शुरू हो गया, पता ही नहीं चलता। कितने काम— कितनी बातें, कहानी-किस्से, कितना घूमना-फिरना, लगता है खत्म ही नहीं होगा। दिल करता है सब लोग हरवक्त साथ बैठे रहें। घर का काम, रसोई-पानी भी बोझ लगने लगता है।

कुछ महीने पहले हमारी पुरानी नौकरानी सारे काम छोड़कर अपने बेटे के पास चली गयी तो एकाएक काम का बोझ बढ़ गया था। अम्माँ की तबियत ठीक नहीं रहती। मैं अपनी पढ़ाई-लिखाई में व्यस्त। पिताजी के मिलने वालों का तांता सवेरे से शाम तक। पूरा एक आदमी तो मेहमानों के चाय-नाश्ते के लिए चाहिए। घर का काम कौन देखे। बड़ी मुश्किल से एक नौकरानी का इंतजाम हुआ। देखने पर ही लगता था कि वह ज्यादा कुछ नहीं कर पायेगी। उम्र तो जमुना की बहुत नहीं थी, लेकिन दुबली-पतली बीमार-सी। बुझा-बुझा, अवसाद के धुएं में लिपटा चेहरा। मैंने देखते ही कह दिया था कि यह तो टी० बी० की

मरीज लगती है। इससे खाना पकवाना और सफाई करवाना खतरे से खाली नहीं है। इसके बावजूद अम्माँ ने न जाने क्या सोचकर उसे काम करने की मंजूरी दे दी। अम्माँ के खुद काम न कर पाने की मजबूरी थी या जमुना की मदद करने का भाव, कुछ कहा नहीं जा सकता। इधर जमुना का यह हाल कि हमेशा नया काम उठा लेने को तैयार। फिर रोज के नागे और एक-एक करके काम छूटे। दरअसल वो भी क्या करती। चार बच्चे, एक निठल्ला पति, सबके सब उसकी कमाई पर आश्रित।

बहरहाल, जैसा मैंने सोचा था ठीक वैसा ही हुआ। जमुना रानी ने एक हफ्ते बाद ही काम पर आना बन्द कर दिया। उसे मलेरिया हो गया था। दूसरे दिन एक बारह-तेरह साल की लड़की दरवाजे पर खड़ी थी। घुटनों तक लम्बी फ्राक, पैरों में सटर-पटर करती प्लास्टिक की चप्पलें-—छोटी-छोटी दो चोटियाँ कान के दोनों ओर। कच्चे दूध-सा रंग जो चेहरे पर फैले आत्मविश्वास की फौलादी रंगत के बावजूद अभी ताजा था।

पता चला कि वह चन्दो है— जमुना की लड़की। माँ की जगह काम करने आयी है।

—'कमाल करती है यह जमुना भी। जरा-सी बच्ची को भेज दिया काम करने।'

चन्दो ने अन्दर आकर दरवाजे के पास जल्दी से चप्पलें उतारीं और पास आकर खड़ी हो गयी।

—'मैं सब काम कर लेती हूँ—बताइये क्या-क्या करना है?' वह जल्दी से बोली। मेरे नाराज होने से वह कुछ घबरा गयी थी।

—'क्या कर लेगी तू, खाक? खाना पका लेगी? पूरे घर की सफाई कर लेगी?'

जमना होती सामने तो बताती उसे मैं। आते ही आते खुद तो महारानी छुट्टी पर चली गयीं और भेज दिया इसे।

—'जी! मैं कर लूंगी। खाना पका लूंगी। पूरे घर की सफाई कर लूंगी।'

चन्दो ने किंचित मेरी ही तरह मुझे जवाब दिया और खुद ही हँस पड़ी।

सचमुच ही चन्दो ने घर का पूरा काम सँभाल लिया। छोटे-छोटे हाथों से वह घर की सफाई करती, खाना बनाती। उसके काम करने में उसकी उम्र जैसा कच्चापन नहीं था। इसके विपरीत वह बहुत गम्भीर मुद्रा में हमें जरूरी हिदायतें भी देती रहती। अपने सिखाने-पढ़ाने में वह माँ को भी नहीं छोड़ती जो मुस्कराते हुए धैर्य से उसकी बातें सुनती रहतीं। कभी वह मुझसे नाराज होती कि हम लोग फ्रिज में सब्जी ऐसे ही रख देते हैं—'आप सब्जी पोलीथीन के थैले में रखा कीजिए—ये देखिए—सारा धनिया सूख गया।' कभी वह चाय बनाते समय अम्माँ से शिकायत करती कि चीनी के डिब्बे में निरी चींटियाँ भरी हैं। 'अम्माँ जी, पोलीथीन लगाकर ढक्कन बन्द करने से चींटियाँ नहीं आतीं।'

मैं और अम्माँ उसकी बातों में खूब रस लेते। हम लोग उसे अक्सर पोलीथीन रानी कहते। उसे पोलीथीन का इस्तेमाल करना बहुत पसन्द था। इस शताब्दी की सबसे बड़ी खोज—शायद उसकी नजरों में पोलीथीन ही थी।

अम्माँ कभी-कभी उसकी बातें सुनकर कहतीं, 'मैंने अपनी सास तो कभी देखी नहीं। ये मेरी सास बनकर कहाँ से आ गयी है?'

आठ-दस दिन बाद जमुना ठीक होकर आ गयी और उसने काम सँभाल लिया। चन्दो का आना बन्द हो गया। वह जमुना के पीछे घर का काम देखती—तीन छोटे भाइयों को सँभालती। बकौल जमुना के उसने दो लड़कों को स्कूल में बिठा दिया था क्योंकि वे दिन भर इधर-उधर घूमते आवारागर्दी करते थे। हालांकि चुंगी के स्कूलों में और गलियों की आवारागर्दी में ज्यादा अन्तर नहीं था। जमुना के आने के बाद हमें लगा कि हमारे यहाँ तो चन्दो ही ठीक थी। हमें उसका काम ज्यादा अच्छा लगा। चन्दो भी हमारे यहाँ खुश थी। वह खुद बहुत साफ-सुथरी रहती। काम भी सलीके से करती। इसके अलावा हमें उसके बातूनीपन की आदत भी हो गयी थी। सारे मुहल्ले के किस्से उसी से मालूम होते। इतवार के दिन शाम को खाना बनाने का काम शुरू करती कि

टेलीविजन पर फिल्म शुरू हो जाती। फिल्म देखना उसके लिए बेहद जरूरी होता था। नतीजा यह होता कि मैं रसोई में सब्जी पका रही हूँ और वह आराम से फिल्म देख रही है और साथ ही अम्माँ का फिल्म सम्बन्धी ज्ञान बढ़ा रही है। मैं भुनभुनाती रहती—लेकिन उस पर तरस भी आता। क्या उम्र है इसकी। आखिर बच्ची ही है।

फिर कुछ दिनों बाद हमने ध्यान दिया कि अब उसने फिल्म के लिए रुकना बन्द कर दिया है। एकाध बार भीतर कमरे में झाँकती, थोड़ी देर टेलीविजन के सामने खड़ी रहती और फिर लौट जाती रसोईघर में। क्या चक्कर है? ये चन्दो इतनी शरीफ कब से हो गयी है? चुपचाप काम करती है और चली जाती है। अब अक्सर वह काम से गायब भी रहने लगी थी।

मैंने एक दिन उसे पकड़ लिया—'चन्दो बुलाकर ला तू अपनी माँ को। हमें नहीं करवाना है तुझसे काम। बहुत नागे करना सीख गयी है।' चन्दो चुप रही। मैं उसे डाँटती रही और वह एक शब्द भी नहीं बोली। बहुत पूछने पर पता चला कि जमुना ने फिर खाट पकड़ ली है और उसके सारे कामों का बोझ फिर चन्दो पर आ पड़ा है।

ऐसा था तो इसने बताया क्यों नहीं। इसलिए शायद थकी-थकी रहती है आजकल। मुझे अन्दर से बहुत बुरा लगा। क्या जिन्दगी है इसकी। माँ बीमार – बाप शराबी। पूरे परिवार की परवरिश यह बच्ची कर रही थी।

मैं अब इस बात का ख्याल रखती कि उसे कुछ खिला-पिला दूँ। चाय-नाश्ता दे दूँ ताकि वह भूखी न रहे।

गर्मी की छुट्टियाँ हुईं हमेशा की तरह भाभी, भैया और उनके बच्चे आ गये। चन्दो ने जब इतने सारे लोगों को देखा तो बहुत खुश हुई। मानो उसके ही रिश्तेदार हों। एक बार भी उसके दिमाग में यह नहीं आया कि इतने लोगों के आ जाने से उसका काम बढ़ जायेगा। हाँ, अपना फायदा उसने देख लिया था—'आंटी जी, अंजु दीदी की एक फ्राक

मुझे जरूर दे देना। मैंने अभी से कह दिया है।'

भैया और भाभी ने भी जब उस छुटकी-सी चन्दो को कुशलतापूर्वक सारा काम करते देखा तो बहुत प्रभावित हुए। भैया तो हमारे प्रभावित कम और दुखी ज्यादा हुए और हो गया शुरू उनका भाषण—'भला ये उम्र है इस लड़की के काम करने की। जब इसे स्कूल जाना चाहिए तब यह बरतन माँज रही है।'

—'भैया। मैंने उन्हें टोका, यह पिछले दो सालों से सब कर रही है। ये लोग हमारी तरह नाजुक नरम नहीं होते। इन्हें तो आदत होती है।'

—'जी हाँ, ये आदत लेकर ही तो पैदा होते हैं। ये तो इनकी मजबूरी है—क्या करें। हमारी अंजु को देखो। इतनी बड़ी हो गयी, आज तक इसने गैस भी नहीं जलाई होगी—एक प्याला चाय बनाने की कौन कहे।'

—'पापा !' अंजु फौरन अपनी आलोचना सुनकर बिदक गयी और हाथ पैर फेंकने लगी।

—'अब देखो, इतनी बड़ी हो गयी लेकिन रोना-धोना बच्चों की तरह···' भैया को उसे छेड़ने में आनन्द आ रहा था।

भैया वास्तव में चन्दो के प्रति संवेदनशील हो गए थे। भाभी ने बताया कि अभी कुछ दिन पहले तक उनका बहुत मन था कि वह भोपाल गैस कांड के बाद वहाँ के अनाथ हो गये बच्चों में से किसी एक बच्चे को गोद लेकर उसका पालन-पोषण करें।

—'फिर क्यों नहीं लिया उन्होंने किसी बच्चे को। यह तो बहुत अच्छा होता भाभी।'

—'पहले तो मैं ही तैयार नहीं हुई विनी ! जब अपने बच्चे हों तो बड़ा मुश्किल होता है किसी अनाथ, अनजान बच्चे को पूरा स्नेह दे पाना। उस पर अगर वह बच्चा हमारे वर्ग का न हो और हम जानते हों कि वह किस स्तर का है। किसका बच्चा है ? कहाँ से आया है ?'

—'भाभी आप भी कैसी बातें करती हैं। इतनी पढ़ी-लिखी, समझदार होकर···'

—'कहना आसान होता है विनी। आदर्श किताबों में अच्छा लगता

है या उपदेशों में। व्यवहार में लाने के लिए बहुत हिम्मत चाहिए। सैकड़ों वर्षों के पुराने संस्कारों को तोड़ना पड़ता है। फिर भी अपने आपको समझाते हुए, तुम्हारे भैया की भावनाओं का ख्याल कर अपने आप से लड़ते हुए मैंने खुद को तैयार किया ! बढ़ा हुआ खर्च, घर में, समाज में, बच्चों के बीच सामंजस्य—उसे अपने स्तर तक लाने की मेहनत सबके लिए खुद को तैयार किया लेकिन फिर···'

—'फिर क्या ? क्या हो गया फिर ?' मैं भाभी से इस योजना को सुनकर रोमांचित हो उठी थी। सच, कितना अच्छा होता अगर भैया ऐसा करते। हम सभी लोगों की निगाह में कितना ऊँचा उठ जाते। सब लोग कितनी तारीफ करते उनकी।

—'हो क्या गया। बच्चों के सामने जब उन्होंने इस बात को रखा तो अंजु तो मुँह फुला कर बैठ गयी। अंशु लगे चीखने चिल्लाने। ऐसा पैर पटक-पटककर रोया कि बस। बहुत तमाशा किया उसने। शायद इसी-लिए तुम्हारे भैया को अपनी यह योजना रद्द कर देनी पड़ी।'

—'भाभी आप लोग सचमुच बहुत अच्छा काम करते। एक जिन्दगी बन जाती। भगवान ने इतना दिया है तो एकाध ऐसे लोगों को हम लोग सहारा तो दे ही सकते हैं।' मेरी आँखें न जाने क्यों नम हो गयीं। मैं अनायास ही भावुक हो उठी थी। मेरी समझ में नहीं आया कि भैया जब भाभी को समझा सकते हैं, उन्हें अपनी इच्छा के अनुरूप बना सकते थे तो बच्चों को उन्होंने क्यों नहीं ठीक से समझाया। मुझे लगा कि ऐन वक्त पर भैया ही तो कहीं कमजोर नहीं पड़ गये। उनके साहस और सद्भावना के बीच उनके अपने संस्कार अथवा पिताजी के कट्टर धार्मिक संस्कार तो आड़े नहीं आ गये ?

छुट्टियाँ खत्म होने को आ रही थीं। एक रात खाना खाने के बाद हम सभी लोग छत पर थे। पिताजी रोज की तरह अपनी चारपाई पर बैठे, पास की मेज पर रखे टेबल लैम्प की रोशनी में अखबार की अन्तिम बची पंक्तियाँ खोज-खोजकर पढ़ने में मशगूल थे। भैया ने बात उठाई

कि वह अम्माँ और पिताजी से कुछ जरूरी मशविरा करना चाहते हैं। उन्होंने कहा कि वे चन्दो को अपने साथ ले जाना चाहते हैं। वे उसे पढ़ायेंगे-लिखायेंगे। अपने बच्चे की तरह से रखेंगे।

अम्माँ को मैं पहले ही बता चुकी थी कि भैया एक बार ऐसा इरादा पहले भी कर चुके हैं—वे चुप थीं। भाभी भी चुप थीं। सभी लोग पिताजी के चेहरे की ओर देख रहे थे। अंशु अंजु की ओर सरककर फुसफुसाया, 'लो, फिर शुरू हो गया पापा का चैरिटी प्रोग्राम…'

—'चुप रहो। कह दूँगी मैं अभी पापा से'—अंजु ने उसे घुड़का।

कुछ देर तक एक अजीब मौन की चादर ने मानो सबको ढंक लिया और सब खामोश थे कि देखें, बन्द पिटारी में से क्या निकलता है? पिताजी क्या कहते हैं?

पिताजी ने खंखारा और गला साफ किया मानो सोचने के लिए थोड़ा और समय लेना चाहते हों…फिर बोले—

—'अगर निभा सको तो बहुत अच्छा है बेटे! यह तो पुण्य का काम होगा।' भैया पिताजी का मुंह ताकते रह गये। ऐसा लगा कि वह कुछ कहना चाहते हैं लेकिन नहीं कह पाये। बोलने की कोशिश में वह कुछ हकलाने से लगे।

—'पिताजी…आप…मैं तो आपकी वजह से ही…'

—'वाह बेटे! मुझसे ही डरने लगे तो लोगों से क्या कहोगे। दुनिया का मुकाबला कैसे करोगे?' और फिर मुस्कराकर अखबार में नजरें गड़ा दीं कि कहीं कोई खबर उनकी निगाहों से बच न जाये।

दूसरे दिन जमुना को बुलाया गया। चन्दो को बुलाया गया। सारी बातें उनके सामने रखी गयीं।

पहले तो जमुना को विश्वास ही नहीं हुआ। फिर उसे लगा कि कहीं वे लोग चन्दो को बेदाम का गुलाम बनाकर नौकरानी के रूप में तो नहीं ले जाना चाहते। मैंने पूरी बात उसे समझाई और कहा कि भैया बाकायदा कानूनी तौर पर चन्दो को गोद लेंगे—अपनी बेटी बनाकर रखेंगे। माँ ने भी उसे समझाया कि उनका बेटा पुण्य का काम करना चाहता है।

—'जमुना तू यह मत समझियो कि तेरी बेटी से कोई काम करायेगा। ये लोग तो गोद ले रहे हैं उसे। बेटी बनाकर रखेंगे। जहाँ दो बच्चे—वहाँ तीन हो जायेंगे। भगवान का दिया बहुत है उनके पास दो नौकर दफ्तर से मिले हैं। काम करने वालों की कमी नहीं वहाँ...' अम्माँ ने खुलासा करके समझा दिया।

चन्दो अब सबकी बातों का केन्द्र हो गयी।

—'चन्दो तू स्कूल जायेगी वहाँ ?'

—'मैं तो दो किलास पढ़ी हूँ आंटी जी ! अम्माँ कहती थीं कि जब वह ठीक हो जायेगी तब मुझे भी स्कूल भेजेगी टम्पू के साथ।'

—'अरे भेज चुकी तेरी अम्माँ। घर में नहीं गुड़ की डली—बेटी माँगे घी खिचड़ी...अब तो लखनऊ में ही जाना तू स्कूल अंजु के साथ। सौ रुपया तो फीस है वहाँ।'

—'सौ रुपया ? चन्दो की आँखें फैल गयीं। चन्दो अचानक घट रही इन बातों से बहुत खुश थी। हम सब लोग भी बहुत उत्तेजित थे। अंजु फिलहाल उसे अपने कान्वेन्ट स्कूल की भयावहता से परिचित करा रही थी और अंशु उसे अग्रिम हिदायतें दे रहा था कि वह उसके खिलौने नहीं छुयेगी और न ही उसकी कॉमिक्स में हाथ लगायेगी। चन्दो आज्ञाकारी बच्चे की तरह हामी भर रही थी।

जमुना का बहुत अजीब हाल था। कभी तो वह बहुत खुश होती। आँखों में आँसू भर लाती—'माताजी इस लड़की की तो जिन्दगी सुधर जायेगी। हम तो जैसे थे वैसे ही रहेंगे। ये चन्दो जरूर कोई बड़ा पुण्य करके आई होगी। जनम सुफल हो गया इसका तो...।' फिर थोड़ी देर बाद आँसू पोंछती हुई बोली—'लेकिन मेरा काम तो ठप्प हो जायेगा। चन्दो तो बाहर के काम भी संभाल ले और रोटी करके छोटे भाइयों के गले में निवाला भी डाल दे। मैं अकेली क्या करूँगी ? बाप इसका निठल्ला—न काम करे न काज ! उसका बस चले तो बच्चों के मुँह का कौर छीन कर ले जाये...खैर देखी जायेगी.. कोई तो निकले इस नरक से...'

जमुना इसी तरह ऊहापोह में डूबती उतराती रही। मैंने उसे खूब

समझाया कि जब सर पर पड़ेगी तो चन्दो का बाप झक मारकर काम करेगा और कमायेगा। अभी मुफ्त की रोटी मिल रही है तो क्यों हाथ-पैर हिलाये।

सब लोगों के जाने का दिन आ गया। चन्दो के लिए फिलहाल दो जोड़ी कपड़े और नयी सैंडिल खरीदवा दीं। एक फ्रॉक उसे पहनने के लिए दे दी। बाकी तो इंतजाम वहाँ हो ही जायेगा।

इधर हम लोग तैयारी में लग गये। हमेशा की तरह अम्माँ ने बच्चों के लिए बेसन के लड्डू बनाये। मठरी बनाई। शीशियों में अचार रखे गये। अंजु और अंशु छुट्टियों में जमा किये कॉमिक्स ढूँढ़कर अपनी अटैची में ठूँसने में व्यस्त थे।

—'जल्दी करो भाई। अंजु कपड़े बदल लो। अंशु कहाँ है? नहाया भी नहीं अभी। सिर्फ एक घंटा है तुम्हारे पास अब!' भाभी बच्चों से परेशान थीं। उन्होंने मुझे देखकर कहा—'बिनी, तुम्हारी चन्दो कहाँ है भई? उसे भी तो आना चाहिए।'

—'भाभी मेरी नहीं—अब तो आपकी है। और चन्दो नहीं—चन्द्रकला कहिये उसे।'

भाभी हँस पड़ीं।

—'लेकिन जमुना उसकी बिदाई में इतना वक्त क्यों लगा रही है?'

—'बेटी की बिदाई है भाभी—आसान थोड़ी होती है। एक बात कहूँ। आप उसे लेकर जल्दी-जल्दी यहाँ मत आइयेगा। एक बार वहाँ एडजस्ट कर लेगी—वहाँ के रंगढंग अपना लेगी तो फिर वह खुद ही पुराने माहौल को नापसन्द करेगी—लेकिन फिलहाल···'

—'हाँ, ये तो करना ही पड़ेगा। देखो, क्या होता है—कैसे होता है?'

—'भाभी, चन्दो सचमुच बड़ा भाग्य लेकर आई है। किस्मत खुल गई उसकी तो।' तभी भैया अन्दर आये। वे भी कुछ परेशान से थे।

— विन्नी···क्या करें। चन्दो को उसके घर से लेकर आयें। हम लोगों को तो निकलना होगा थोड़ी देर में।'

मेरी भी समझ में नहीं आया कि क्या चक्कर है। किसे भेजूं उसके घर···मैं सोच ही रही थी कि चन्दो चुपके से न जाने कब आकर कमरे के बाहर खड़ी हो गयी थी। सबसे ज्यादा ताज्जुब तो यह था कि वह अपनी उसी पुरानी वेशभूषा में थी। बदरंग हुई नाप से कहीं ज्यादा ढीली फ्रॉक— गुलाबी प्लास्टिक की चप्पलें···

—'अरी चन्दो ! इतनी देर कर दी। ये क्या हुलिया बना रखी है ? नयी फ्रॉक दी थी—सैंडिलें थीं—कहाँ रख आई सब चीजें ?' न चाहते हुए भी मैं चिल्ला पड़ी उस पर। क्या करूँ···इन लोगों के मिजाज ही नहीं मिलते ! जब जो मन में आता है करते हैं।

लगता था उसके ऊपर मेरे चिल्लाने का कोई असर नहीं हुआ। उसने निर्विकार भाव से तखत पर रखे एक रंगीन पोलीथीन का थैला उठाकर मेरे हाथ में दे दिया और आँखें नीची करके खड़ी हो गयी। मैंने देखा, थैले में वही नयी फ्रॉक और सैंडिलें थीं।

इसी बीच भैया, भाभी, अम्माँ और पिताजी वहाँ आ गये। दोनों बच्चे भी आ गए, तमाशा देखने के अन्दाज में। मेरा जोर से बोलना शायद सबने सुन लिया था।

—'क्या बात है ? बोलतीं क्यों नहीं ! जाना नहीं है क्या चन्दो ?' माँ ने उससे पूछा। चन्दो की तो यह हमेशा की आदत है कि आप लाख बोलते रहिए, चीखते चिल्लाते रहिए—वह होंठ सिये चुप रहेगी। क्या मजाल जो एक बोल उसके मुँह से फूट पड़े। बस, जाने की बात पर उसने सर हिलाकर इन्कार कर दिया।

उसका जवाब अप्रत्याशित था। हम सब सन्नाटे में आ गये। आसमान से नीचे आ गिरे हों जैसे।

—'तेरा दिमाग तो नहीं खराब हो गया। सारी बातें तय हो गयीं। सब तैयारी हो गयी—अब इन्कार कर रही है'···माँ उससे कह रही थी।

मैं भी सोच रही थी कि क्या उल्टी गंगा बह रही है। हमें इस बित्ते भर की छोकरी की खुशामद करनी पड़ रही है कि हम तुम्हारी मदद

करना चाहते हैं। आओ हमारी मदद स्वीकार करो—हमें कृतार्थ करो।

भैया का चेहरा एकदम लाल पड़ गया। अजीब शर्म से भर गए थे वह ! मैंने देखा तो एकबारगी भैया के प्रति मैं दया से भर गयी।

—'क्या हुआ चन्दो। क्या तेरी माँ ने मना कर दिया ? बाप ने कुछ कह दिया क्या ? बोल न।' मैं अब उससे बहुत सावधानी से बोल रही थी—बिना अपनी आवाज को तेज किये, ताकि वह डरे नहीं और कुछ कह सके। सही बात बता सके।

—'नहीं'—वह फुसफुसाई।

—'फिर क्या बात है ? क्यों नहीं जा रही।' मैंने भरसक आवाज में प्यार सहेज कर पूछा।

—'बस। ऐसे ही।' वह धीरे सेबोली।

भीतर ही भीतर मेरा खून खौल उठा। 'बस ऐसे ही', कितनी आसानी से कह दिया इसने। इसके पीछे सारी तैयारी हुई… इतनी बातें तय की गयीं…पूरी योजना बनी…भैया ने इसके एडमिशन के लिए लखनऊ के एक स्कूल की प्रिन्सिपल को चिट्ठी लिख दी…सब कुछ हुआ और अब यह लड़की सारी मेहनत पर पानी फेर रही है—'बस ऐसे ही' कह कर ! सच है ! यह लोग कीचड़ में रहने के आदी हैं, उसे छोड़कर जा नहीं सकते।

एक अजीब-सा माहौल हो गया था। इस खामोशी को महसूस करते हुए चन्दो ने सर उठाया। हम लोगों की सात जोड़ी आँखें उसे घूर रही थीं। प्रश्न टँगे थे सभी की निगाहों में जिनमें आश्चर्य था—एक अजीब सी बेबसी का भाव था हम सब के भीतर।

मेरी निगाह बाहर के अधखुले दरवाजे की ओर गयी। चन्दो के तीनों छोटे भाई वहाँ खड़े थे। छिपने का प्रयास करते हुए… लेकिन साथ ही भीतर आंगन में जो नाटक चल रहा था उसे देखने का लोभ-संवरण भी वह नहीं कर पा रहे थे। उन तीनों की आँखें भी चन्दो की तरफ थीं। सहमे, उदास, कदाचित भयभीत…वे भी एकटक चन्दो की ओर देख रहे थे। उनकी निगाहों में भी सवाल थे…आशंका थी…

डर था···और तभी शायद चन्दो ने उन छोटे भाइयों की निगाहों का तीखापन महसूस कर लिया था·· उसने उन्हें देख लिया था और जैसे अचानक उसे कुछ याद आया हो—'अच्छा। आंटी जी, मैं जा रही हूँ··· नमस्ते।'

एक उड़ती हुई लापरवाह नजर मेरे चेहरे पर टिका कुछ क्षण देखती रही और फिर छोटे-छोटे कदम रखती बाहर को चल दी। उसकी बेगानी, लेकिन भेदती नजर—मानो मेरा मन जानना चाहती हो—मेरा दिमाग पढ़ना चाहती हो···मैं अचानक भीतर से आहत हो उठी। यह फटेहाल दो अंगुल की छोकरी हमारा उपहास कर रही है···एक चुनौती हमारे मुंह पर मार रही है। इतनी शरमिन्दगी···इतनी खिसियाहट इस असहनीय स्थिति की कभी कल्पना भी नहीं कर सकती थी मैं। चन्दो हमारे मुंह पर तमाचा मारकर जा रही थी। सारा खून जैसे सर में जमा हो गया हो···मेरा सर फटने-सा लगा था।

—'हरामज़ादी—इधर आ ··तू जा कहाँ रही है···' मुझे नहीं मालूम मैं क्या बक रही थी और कब मैंने उछल कर उसका हाथ पकड़ लिया था—कस कर –पागलों जैसी ताकत के साथ।

चन्दो का चेहरा सर्द हो गया। वह मेरी शक्ल देखकर बेहद डर गयी थी। उसके हाथ बर्फ जैसे ठण्डे थे और पथराई-सी आँखें मेरे चेहरे पर जमी हुई थीं। वह शायद इतनी घबरा गयी थी कि उसने अपना हाथ छुड़ाने और भागने का भी कोई प्रयास नहीं किया। मैं उसे कस कर झंझोड़ रही थी और वह तेज हवा में डोलते पेड़ की शाख जैसी इधर से उधर हो रही थी।

—'विनी-विनी', भाभी ने मुझे कंधे से पकड़कर हिलाया। क्या कर रही हो ? छोड़ो इसे।' भाभी की आवाज मेरे कानों में पड़ी—सिर्फ आवाज। मुझे किसी का चेहरा नहीं दिखाई दे रहा था—सिवाय चन्दो के सख्त मुर्दार सफेद चेहरे के···

—'चल बेटी, तू अन्दर चल।' माँ! मेरा हाथ पकड़ कर कह रही थी···'ये कमजात लोग जिस गन्दे नाले में रहने के आदी हैं, निकल ही नहीं सकते उसमें से। तू क्यों परेशान होती है। जाने दे इसे।'

—'माँ', मैं कुछ कहना चाहती थी लेकिन न जाने क्यों मेरा गला रुँध गया था। मैं अब वापस लौट आई थी। मानो अपमान के गहरे दल-दल से निकल आई थी। सभी लोग सहज होने का प्रयास कर रहे थे।

—ऐ छोकरी भाग यहाँ से—क्या मुँह ताक रही है' पिताजी ने छड़ी उठाकर धमकाया चन्दो को। 'अब कभी अपनी शक्ल मत दिखाना वरना मार-मारकर भुरता बना दूँगा।'

चन्दो ने अबकी बार गलती नहीं की। वह दरवाजे से निकल सिर पर पैर रखकर तेजी से भागी। पीछे-पीछे उसके तीनों भाई मेमनों की तरह दौड़ रहे थे।

गणित

रामलाल ने एक भैंस पाल रखी थी। सवेरे शाम उसका दूध निकालने का काम होता। कुछ बँधे हुए गाहक थे। दूध काढ़कर वह बांट आता।

रामलाल काम से काम रखता। फालतू इधर-उधर की बातचीत उसे पसन्द नहीं। बोलता भी कम था। सिर्फ जरूरत भर। अपने लिए जो ठीक समझता, जो फायदेमन्द और काम का होता, वही करता। सोचने-महसूसने वाला विभाग उसके यहाँ नहीं था।

रामलाल ज्यादातर चुप रहता था। ग्राहकों के यहाँ घण्टी बजाता बस ! कोई निकल कर आता। वह दूध नापता और चल देता ! कभी कोई दूध पतला होने की शिकायत करता तो वह सिर हिला देता। प्रतिवाद न करता।

जो कहा जाता सुन लेता। जब कभी उसे दूध में पानी न मिलाने की हिदायत मिलती तो भी सहमति में सिर हिला देता। कभी-कभी कोई उल्टा-सीधा कहता, डाँट लगाता तो गुस्से के मारे उसका जबड़ा भिच जाता। मुँह नीचे किये गुस्सा जब्त किए रहता और फिर चला आता।

ऐसे मौकों पर रामलाल जब घर वापस लौटता तो उस समय भैंस छप्पर के नीचे खड़ी मिलती। कभी लड़ावनी के पास खड़ी जुगाली करती तो कभी इतमीनान से बैठी आँखें झपकाती झपकी ले रही होती। गुस्से में आव देखता न ताव, रामलाल डंडा उठाता और भैंस की पीठ पर दन्न्-दन्न् जमाना शुरू करता। अचकचाती भैंस बां·· बां··· बां कर उठती। गुस्सा गुबार निकालने के बाद रामलाल घर के अन्दर घुसता और फिर तैयार होकर काम पर चला जाता।

भैंस की पीठ पर इसी तरह तब भी डंडे पड़ते जब किसी दिन भैंस

दूध न देती। मार-मारकर उसे अधमरा कर देता। रामलाल ने उस दूध देने वाली भैंस पर शायद ही कभी स्नेह से हाथ फेरा हो। सर या गरदन सहलाई हो। कृतज्ञता ज्ञापित की हो उसके प्रति। यह सब चोंचलेबाजी उसे पसन्द नहीं थी। उसने भैंस पर पैसे खर्च किए थे। भैंस का काम दूध देना था और उसका काम दूध काढ़ना। फिर उस दूध को बेचना और पैसे कमाना। भैंस और उसके बीच दूध का व्यापारिक सम्बन्ध था। जब दूध नहीं तो उनके बीच कोई सम्बन्ध नहीं। भैंस मूर्ख थी। रामलाल की ओर आँखें फाड़-फाड़कर निरीह दृष्टि से देखती। कुछ समझने की, कुछ आँखों के जरिये समझाने की कोशिश करती। रामलाल को किसी की आँखें या चेहरे की लाइनें देखने की फुरसत नहीं थी।

एक दिन भैंस का पड्डा मर गया। भैंस मानो दुख से पागल हो गयी हो। हर वक्त बां···बां···बां का शोर मचाती और उछलती। कभी खूँटे से रस्सी तुड़ाती। सानी की ओर झाँक कर न देखा। दूध भी नहीं दिया उसने।

रामलाल गुस्से से पागल हो गया। मोटे डंडे से दनादन खूब पीटा उसे। भैंस और उछली। खूब पैर पटके। तब रामलाल ने भरपूर ताकत लगाकर और पीटा। पिल पड़ा उस पर। भैंस पिट-पिटकर अधमरी हो गयी लेकिन दूध नहीं दिया उसने। आखिर एक दिन पैंठ जाकर वह भैंस बेच आया।

रामलाल शहर से उठकर पास के एक कस्बे में चला आया। बीच रास्ते में एक बगीची के सहारे उसने एक छोटा-सा ढाबा खोल लिया। शुरू में सारे काम वह खुद करता। अंगीठी सुलगाता। खाना पकाता। आटा गूंधता। रोटियाँ सेंकता और साथ ही ग्राहकों को खाना भी परोसता। कुछ ही दिनों बाद अकेले काम करना उसके लिए नामुमकिन हो गया। उसने काम खींचने की बहुत कोशिश की लेकिन अक्सर ग्राहक देर होने की वजह से बिना कुछ खाये-पिये लौटने लगे।

उसने पास के गाँव से एक आदमी काम पर लगा लिया। अब खाना

पकाने का ज्यादातर काम वह आदमी करता। रामलाल उसकी मदद करता। खाना वह खुद परोसता और पैसे सँभालता। उसका सहायक सवेरे आता। पूरा दिन रहता और रात होते-होते वापस चला जाता। जाते हुए वह प्रतिदिन अपनी रोज़ की तनखाह लेना न भूलता। रामलाल जैसे गुम्मे आदमी का क्या भरोसा जिसकी थाह ही न मिलती हो।

कोई खास हुकुम या निर्देश देना होता, वह रामलाल उसे बता देता। ज्यादातर बातों के जवाब हाँ या ना में होते। दोनों अपने-अपने काम में लगे रहते। कुछ दिन बाद हर काम और काम का तरीका तय हो गये। कुछ अनकहे नियम बन गये। शाम होते-होते वह सहायक रात का खाना तैयार करता। रात-बिरात आने वाले मुसाफिर ग्राहकों के लिए आटा तैयार करके रखता। फिर वह अपने लिए रोटी पकाता। खा-पीकर हाथ धोकर एक जोर की डकार लेता और रामलाल के आगे खड़ा हो जाता। रामलाल गल्ले में से उस दिन की तनखाह उसके हाथ में रख देता जिसे वह अंटी के हवाले करता और फिर अपनी साइकिल उठा कर चल देता। देर रात के ग्राहकों के लिए अकेला रामलाल काफी होता। ऐसे ग्राहकों की संख्या ज्यादा न होती इसलिए वहीं ढाबे के अन्दर चारपाई डालकर रामलाल सो रहता।

एक दिन रामलाल सोता रहा और चोर-उचक्के उसके कुछ बर्तन-भाँडे उठा ले गये। कैश बक्स कुठरिया में बन्द था लेकिन बाकी सामान तो पूरे ढाबे में यूँ ही खुला पड़ा था। बर्तनों के चोरी जाने का उसे बड़ा अफसोस हुआ।

एक दिन वह शौच के लिए दिशा मैदान गया हुआ था। वहाँ से लौटते समय उसके साथ एक पिल्ला था। उसकी समस्या का यही सबसे अच्छा हल था। चौकीदार की बात भी चली थी लेकिन वह मामला खर्चीला था। यहाँ हर्र लगे न फिटकरी—रंग चोखा। कोई तनखाह—खाना पीना—कुछ नहीं देना। रोज की चखचख, नागा, गैरहाजिरी का झंझट नहीं। यह तो ग्राहकों के टुकड़ों पर ही पल जायेगा। हर एक ने एक-एक टुकड़ा भी दिया तो इसका पेट भर जायेगा और चौबीसों घंटे मुस्तैदी से चौकीदारी करेगा। कुछ ही महीनों में पिल्ला एक अच्छा बड़ा कद्दावर

कुत्ता निकल आया। जैसी अपेक्षा थी वैसा ही उसका काम था। दिन भर इधर-उधर डोलता। बेंचों के नीचे पड़ा रहता। इतने दिनों के रख-रखाव और रामलाल की डाँट डपट से इतना तो उसे अन्दाजा हो गया था कि कौन ग्राहक है—खाना खायेगा—चाय पियेगा। उनके ऊपर भौंकना अपना नुकसान कराना है और रामलाल की डाँट खाना। शाम होते-होते वह चुस्त-दुरस्त हो जाता। सहायक के जाने के बाद उसकी चुस्ती-फुर्ती के क्या कहने। रेड अलर्ट। ग्राहकों में जो उसे संदिग्ध लगता उस पर झपटने के लिये तैयार। जब मालिक की आँख लग जाती तब वह सर्वेसर्वा होता। चीते की माफिक टहलता इधर से उधर। कोई सवारी गुजरती, कहीं कोई आहट होती तो आसमान सर पर उठा लेता। रात-बिरात आने वाला परिचित ग्राहक गाड़ी में बैठे-बैठे पहले रामलाल को आवाज़ लगाता। रामलाल उठता। एक डाँट लगाकर कुत्ते को चुप कराता और तब वह ग्राहक उतरकर अन्दर आता। ऐसे वक्त कुत्ता कान गिरा कर अपराधी भाव से दुम हिलाता हुआ रामलाल के पास जाता, कदाचित क्षमा याचना के लिये। मानो कहता हो कि माफ करना, मुझे मालूम न था कि इनके ऊपर नहीं भौंकना है। रामलाल ऐसे में अपने पैरों से धक्का देकर उसे एक ओर कर देता और काम में लग जाता।

एक साल से ज्यादा होने को आ गया था कुत्ते को लाये हुए लेकिन रामलाल ने कभी कुत्ते को हाथ नहीं लगाया। वह पैरों से काम लेता। शायद वह घिनाता था कुत्ते की जात से। कभी कुत्ता बहुत लाड़-दुलार में होता तो रामलाल के आगे पूर्ण समर्पण की मुद्रा में लेट जाता कि शायद उसका मालिक एक बार उस पर हाथ फेरेगा, उसे सहलायेगा। पीठ के बल दोनों हाथ-पैर ऊपर करके चित कुत्ते को देख रामलाल को बहुत गुस्सा आता। ऐसे समर्पित भाव से लोट-लोट कर करेगा यह चौकीदारी ? वितृष्णा से भर एक जोर की लात जमाता उसके पेट पर। अच्छा बड़ा कद्दावर कुत्ता कूँ···कूँ···करता कुकियाता दूर जाकर बैठ जाता और चोट खाये पेट को चाटने लगता।

रामलाल जानता था कि कुत्ता सिर्फ एक जानवर है और उसका

काम चौकीदारी है। इसलिए जब एक बार उसके किसी ग्राहक ने कुत्ते का नाम पूछा तो वह अचकचा गया। कुत्ते का भला क्या नाम हो सकता है?

—'अरे भाई, इसे किसी नाम से तो पुकारते होंगे?'

—'पुकारना क्या? यह तो यहीं पड़ा डोलता है। यह कहाँ जा रहा है जो इसे पुकारना पड़े। यूं ही जब तब चढ़ा चला आता है। कभी पैर चाटता है। कभी मुंह की ओर लपकता है। इसे तो दूर और खदेड़ना पड़ता है।' सोचा रामलाल ने।

—'अरे रामलाल। कोई नाम रख ले कुत्ते का। बड़ा प्यारा जानवर है। आदमी से ज्यादा वफादार···।'

रामलाल सोचता रहा—सोचता रहा और फिर उसे एक नाम समझ आया कुत्ते के लिये—

—'बहादुर'। उसके गाँव में एक चौकीदार था। उसका नाम बहादुर था। उसे लगा कि कुत्ते के लिए यही नाम उपयुक्त हो सकता है। चौकीदार चाहे आदमी हो या कुत्ता। एक ही काम करता है तो नाम भी एक ही जैसा होना चाहिए। बहादुर यानी चौकीदार।

बहादुर की बहादुरी में कोई कमी नहीं थी। एक दिन रामलाल अन्दर कोठरी में था। सहायक ही था बाहर। एक मोटर साइकिल सवार ग्राहक के अलावा कोई अन्य नहीं था ढाबे में। मोटर साइकिल वाला नौजवान सहायक से बातें करने लगा। सहायक ने उसे चाय बनाकर दे दी थी और फिर सब्जी काटने लगा। उस नौजवान के इरादे ठीक नहीं थे। वह शायद कैश का डिब्बा उठाकर भागने के चक्कर में था।

उसके इरादे को भाँपकर सहायक सतर्क हो गया था। नौजवान ने डिब्बे को हाथ लगाया। जब तक सहायक उस तक आता, बहादुर कोने पर पड़ी बेंच के नीचे से निकल कर चीते की तरह झपटा और उसका पैर पकड़ लिया।

नौजवान जोर से चीखा। बहादुर के दाँत उसके पैर में गहरे धँस गये थे। उसने वहीं कैश का डब्बा छोड़ा और चीखता कराहता हुआ भागा···लम्बी दूरी तक बहादुर उसका पीछा करता रहा, दौड़ाता रहा

उसे। जान छुड़ाकर भागा वह मोटर साइकिल सवार।

कुछ समय बाद हाँफता दौड़ता बहादुर लौटा। विजय भाव के साथ। बहुत प्यासा था वह सो तुरन्त नल के नीचे बने गड्ढे में जमा हुआ पानी पीने के लिए लपका? तभी उसकी नजर रामलाल पर पड़ी जो यह अफरा-तफरी सुन कर बाहर निकल आया था और कैश बॉक्स सहेज रहा था…पैसे गिन रहा था।

अपने कारनामे पर बहुत खुश और गर्वित था बहादुर? वह मालिक से शाबासी चाहता था। दुम हिलाता कमर इधर-उधर डुलाता, इतराता वह तेजी से मालिक की ओर लपका। उसे मालूम था कि मालिक उसे जरूर सहलायेगा, दुलरायेगा।

रामलाल पैसे गिन रहा था। बहादुर उसकी ओर चढ़ा चला आ रहा था। मुंह उठाये उसने अपने थूथन से रामलाल की बाँह को ठोहका मारा। उसके मुंह की ओर ऊपर तक लपक कर वह अपनी मुहब्बत का इजहार करना चाहता था।

रामलाल बहुत झल्लाया। उसे अपने ऊपर उछलते देख उसने उसे पहले तो हाथ से अलग करने की कोशिश की। वह न माना तो फिर एक जोर की भरपूर लात जमाई।

अप्रत्याशित व्यवहार से बहादुर परेशान हुआ या नहीं लेकिन लात खाकर जो वह उछला तो सामने की एक मेज से जा टकराया और मेज का कोना उसकी आँख से जा लगा। आँख चुटैल हो गयी और खून रिसने लगा। वह रिरिया कर चीखने लगा। न जाने कितनी देर तक वह रिरियाता रहा, चीखता रहा, रिरियाता रहा। थोड़ी देर बाद उसकी आवाज क्रमशः धीमी होती गयी। वह थक गया था। लड़खड़ाता-डगमगाता वह पानी के गड्ढे में मुंह देकर वहीं पड़ गया।

अपने सहायक को हाथ रोक कर उस ओर ताकते देख रामलाल ने उसे घुड़क कर अपना काम करते रहने को कहा और खुद भी काम से लग गया। फालतू चीजों में वक्त खराब करना रामलाल को बिल्कुल पसन्द नहीं था।

रामलाल का ढाबा अच्छा चल रहा था। उसका पूरा इन्तजाम फिट था। रोजाना के कई ग्राहक उसके बँधे थे। वे अपनी गाड़ी की सवारियाँ भी साथ ले आते। कभी अचानक अच्छी भली भीड़ हो जाती और उसे सँभालना मुश्किल हो जाता। काम बढ़ रहा था।

उसे एक और आदमी की जरूरत महसूस होने लगी लेकिन उसकी लम्बी-चौड़ी तनखाह…उसके सोच को चुप कर देती। ये पहला सहायक ही क्या कम था। अच्छी मोटी रकम डकार रहा था लेकिन रामलाल की मजबूरी थी। वह खाना बहुत लज़ीज पकाता था। उसके नियमित ग्राहक सहायक के बनाये हुए खाने के मुरीद थे और उसकी वजह से ही उस ढाबे में आते थे।

क्या ही अच्छा होता कोई मुफ्त में काम करने वाला मिल जाता… रामलाल सोचा करता। दूसरे आदमी पर होने वाला खर्च उसके हिसाब में कहीं फिट नहीं हो रहा था। लेकिन ग्राहकों की भीड़। कभी-कभी पूरी बस की सवारियाँ उतर जातीं। बाकी काम तो वह और सहायक सँभाल लेते लेकिन जूठे गिलास प्लेटों का ढेर उसके सिर पर सवार हो जाता। अब वह गिलास प्याले धोये या सामान तैयार कराये या ग्राहकों तक दौड़-दौड़ कर पहुँचाये। कोई छोकरा होता तो कप प्लेट ही धोता रहता।

रामलाल एक दिन अपने गाँव गया और शाम को लौटा। उसके साथ एक नौ-दस साल का छोकरा था। दूसरे दिन से ही छोकरा काम पर लग गया। सवेरे से शाम तक बर्तन धोता रहता। जूठी प्लेटें उठाता। एक महीने बाद एक बुड्ढा आया और उस छोकरे की तनखाह ले गया। वह बात दूसरी थी कि जितनी तनखाह तय हुई थी रामलाल ने लगभग आधी ही दी। बाकी तनखाह कुछ गिलास प्याले और प्लेटों की एवज में कट गयी जो धोने के दौरान उस छोकरे से टूटे थे। फिर रामलाल को यह शिकायत भी थी कि छोकरा खाना बहुत खाता है। बुड्ढा बहुत बकते-झकते पैसे ले गया। उसने रामलाल को बहुत लानत दी कि पूरे दिन काम करवाने के बाद छोकरे को ठीक से खाना नहीं देता। वह धमकी भी दे गया कि वह लड़के को वहाँ से हटा कर कहीं और लगवा

देगा। इनसे कहीं ज्यादा तो वह गाँव में मजदूरी करके कमा रहा था।

रामलाल चुप रहा लेकिन इतना समझ गया कि यह लड़का ज्यादा चलेगा नहीं। यह बुड्ढा हर महीने यमदूत की तरह हाजिर होगा और पैसों की चिखचिख करेगा। धमकी अलग देगा। ऐसे में यह लड़का भी अकड़ा-अकड़ा फिरेगा। काम करने से ज्यादा ठसका दिखायेगा।

अगले महीने जब बुड्ढा आया तो उसने आधी तनखाह देकर लड़के को चलता किया। लेकिन समस्या तो थी!

रामलाल ने ट्रक और बस के कुछ ड्राइवरों से जो उसके बँधे हुए ग्राहक हुआ करते थे उनसे सलाह-मशविरा किया। उन सभी ने उसे दिलासा दिया कि वे कुछ इन्तजाम करेंगे। कोई काम करने वाला छोकरा तलाशेंगे उसके लिये।

रामलाल का सहायक एक बार चार दिन की छुट्टी लेकर गया। उसका ब्याह होने वाला था।

ब्याह! रामलाल के कानों में शब्द गूंजे। ब्याह तो उसका भी हो सकता है। उसका ब्याह कराने की किसी ने सुधि ही नहीं ली।

उसने अपने बस और ट्रक वाले ग्राहकों से पूछा। सलाह ली। सबने उसकी पीठ थपथपाई और कहा कि ब्याह तो जुआ है लाला। खेल जाओ आँख मूँद कर। मदद हम कर देंगे।

रामलाल इसके बाद अपने गल्ले की जाँच पड़ताल करता रहा। जोड़ घटाने का गणित लगाता रहा। अपनी कोठरी की ऊँचाई और चार-पाई की लम्बाई नापता रहा। अलग-अलग पैमानों से भीतर-बाहर उकेरता-टटोलता रहा।

रामलाल ने अपने दोस्त ग्राहकों को दिक्कत समझाई। उन्होंने उसे समझाया। अन्त में जो उसकी समझ में आया वह ये कि लुगाई का आना कोई घाटे का सौदा न होगा। आने वाली पूरा काम संभाल लेगी। खाना पकाने से लेकर बरतन सफाई तक। न तनखाह की चिकचिक और न काम की झिकझिक। सिर्फ खाना और कपड़ा तक मामला रहेगा।

औरत से जो बाकी आराम होते हैं सो अलग। उसकी वजह से ग्राहकी भी बढ़ेगी।

यह गणित रामलाल की समझ में आ गया। उसकी आँखें चमकने लगीं। एक दिन जेब में नोटों की एक गड्डी डालकर रामलाल एक ट्रक में उसके ड्राइवर के साथ बैठकर चल दिया।

कुछ दिन पीछे उसी ट्रक में बैठकर रामलाल लौटा तो उसके साथ एक औरत थी। नाक तक खिंचे उसके घूंघट में ज्यादातर चेहरा छिपा था। साँवले मोटे हाथों की उँगलियों के मैले नाखूनों पर लाल पर्त चढ़ी हुई थी। गुलाबी रंग की आलता लगे पैर धूल में सने हुए थे। प्लास्टिक की चप्पल चलने में चट्-चट् बोल रही थीं।

ट्रक से नीचे उतरने पर रामलाल तेज कदमों से ढाबे के अन्दर घुस गया। ओढ़ी हुई गरम चादर उतार कर रख दी और पिछवाड़े लगे नल पर हाथ पैर धोने लगा। गरम चादर के नीचे उसने नया कोट पहन रखा था इसलिए एहतियात बरत रहा था कि कहीं पानी के छींटे कोट पर न पड़ें।

वह औरत ट्रक से उतर कर ठिठक गई। ट्रक फुर्र से आगे जा चुका था। बाहर खुले में उसे ठंड का अहसास ज्यादा हुआ। उसने अपनी रंगीन सूती धोती को अच्छी तरह से पीठ और कंधों पर लपेट लिया। फिर दो उँगलियों से घूंघट हटाकर अपने आस-पास देखा।

अंगीठी की गर्माहट सेता हुआ पास लेटा बहादुर उठकर खड़ा हो गया था। अंगीठी के पास तखत पर बैठा सहायक बड़े भगौने में दाल छौंकने की तैयारी कर रहा था। उस नई नवेली का सहायक ने स्वागत किया।

—'आओ भौजी आओ। पा लागी।'

उस औरत की होठों की रेखा में कुछ हरकत-सी हुई थी। वह शायद मुस्कराई थी। सहायक से बतियाते देख रामलाल ने औरत को आवाज देकर बुला लिया—'आजा। इधर ही आजा। ये है कोठरी।'

औरत थमकती हुई धीरे-धीरे बेंचों और मेजों को पार करती पीछे चली गयी। सहायक हँसा····औरत तो ले आया लेकिन लाला ने कोई

गरम कपड़ा न दिलाया इसे ।'

रामलाल नल के नीचे पैर रगड़ रहा था। उसका दिमाग कहीं उलझा हुआ था। उसने जेब से बचे हुए नोट निकाले। गिने और वापस जेब में रख लिये।

औरत कोठरी के अन्दर थी। सटर-पटर की आवाज आ रही थी। शायद सामान इधर से उधर करके जगह बना रही थी।

फिर वह बाहर निकल आई। नाक से खिसक कर उसका घूंघट अब माथे पर आ गया था।

रामलाल गल्ले पर था। उसे कोठरी से बाहर आता देख सहायक ने अपने हाथ में पकड़ा हुआ चाय का गिलास औरत की ओर बढ़ा दिया। औरत फिलहाल खड़ी रह गयी। उसके हाथ में डंडा था। वही डंडा जिसे रामलाल कभी भैंस को पीटने के काम में लाता था। उसने रामलाल से पूछा कि क्या करना है इस डंडे का···कहाँ रखे इसे वह ?

कोठरी में डंडे की जगह कहाँ है···यह बात वो औरत जानना चाहती थी। रामलाल के मुँह के अन्दर ही अन्दर गुर्राने जैसी आवाज पैदा हुई। कुछ क्षण बाद उसने इतना ही कहा—'वहीं धर दे, जहाँ था।'

वह औरत समझ गयी और अन्दर चली गयी।

रामलाल चिन्तित था। उसे तय करना था कि इस औरत के हिस्से में क्या-क्या काम आयेगा। सारे जोड़ और पूरी घटत में उसे फर्क बहुत कम नजर आ रहा था। उसने सोचा और पूरी ताकत लगा कर सोचा कि उसका हिसाब दुरस्त हो जाय। फिर ढाबे के कोने में उसने पान 'सिगरेट की एक दुकान और खोल ली।

अब सवेरे सबसे पहले वह औरत उठा करती। सफाई करती। अंगीठी सुलगाती। सब्जी काटकर रखती। सहायक की सहायक हो गयी थी वह। सहायक लगातार पैसे बढ़ाने की जो बात करता था वह अब औरत की वजह से रुक गयी।

रामलाल गल्ला सँभालता। पान की दुकान देखता। ग्राहकों को

खाना खिलाता। काम के लगातार बढ़ने और अपनी औरत द्वारा काम संभाल लिए जाने से रामलाल सन्तुष्ट था।

लेकिन कभी-कभी वह चिन्तित हो उठता। अब सहायक सिर्फ अपनी रोटी पकाता। रामलाल की और अपनी रोटी खुद वह औरत पकाती और खाने की थाली तैयार करती। एक जैसी दो थालियाँ लेकर वह रामलाल के पास ही बेंच में बैठ जाती। रामलाल को यह अच्छा नहीं लगता। एक बार उसने सहायक से कहा भी। सहायक ने पलट कर जवाब दिया—'लाला ! अपनी औरत को भी क्या टुकड़ों पर रखोगे ?'

एक दिन तो हद हो गयी। रामलाल सवेरे की दिनचर्या से निवृत्त होकर जल्दी लौट आया। क्या देखा कि औरत ने एक बड़ा चाय का गिलास हाथ में थाम रखा है। चाय क्या थी निरा दूध ही दूध था—सारा रात का बचा हुआ था। एक पाव रोटी उसमें डुबा-डुबा कर खा रही थी। तख्त के पास ही मुंह उठाये बहादुर बैठा था। ताजी पाव रोटी के टुकड़े उसे भी फेंके जा रहे थे। मुस्तैदी से टुकड़े लपक रहा था और उसकी दूसरी आँख तृप्ति से चमक रही थी। और मिलने के लालच में बहादुर तख्त के पास खिसकता जा रहा था और वह औरत...जैसे मुफ्त का माल हो, भकर-भकर खाये चली जा रही थी। दूर खड़ा राम-लाल...वह तो जैसे कहीं था ही नहीं। कोई उसका अस्तित्व ही नहीं। उसकी किसी को याद ही नहीं। कोई नामोनिशान नहीं उसका।

—'हरामजादी.. हराम का माल उड़ा रही है...'

औरत ने घूम कर देखा। किचकिचाता हुआ रामलाल मोटा डंडा लिए खड़ा था—दन्न से उसकी पीठ पर जमाने के लिये।

वह औरत भरपूर नफरत से उसकी ओर देखती रही। वापस मुड़-कर उसने चाय का आखिरी लम्बा घूंट लेकर गिलास खाली किया। रामलाल के हाथ में डंडा देखकर कान झुकाये, दुम हिलाता हुआ बहादुर खड़ा हो गया।

रामलाल सचमुच गुस्से में था।

औरत ने मजबूत हाथों से उसके हाथ से डंडा झपट लिया। उसकी आँखों में देखती, एक-एक शब्द हथौड़ी से कील की तरह ठोंकती हुई सर्द

आवाज में बोली—'जबान संभाल कर रे ! हराम का कुछ भी नहीं। दिन भर हाड़ तोड़ती हूँ,…और यह सब…' औरत तख्त से नीचे कूदी। डंडा उसने सुलगती हुई अंगीठी में झोंक दिया।

रामलाल खड़ा-खड़ा मुंह ताकता रह गया। ऐसा तो आज तक कभी नहीं हुआ। उसने कभी सोचा भी नहीं था। उसका गणित फिर कहीं गड़बड़ाने लगा था।

मूषक

अपने पण्डित जी बहुत परेशान थे घने शहर के भीतर जिस मुहल्ले में वे रहते थे वहाँ अबकि भीषण दंगा हुआ था।

उनका मुहल्ला हाजियों का मुहल्ला कहलाता। ज्यादातर हाजी थे वहाँ। पण्डित जी और उनके भाई बिरादरों के चार पांच मकान ही थे उस मुहल्ले में। पण्डित जी कचहरी में मुलाजिम थे। नौकरी के बाद का समय पूजा-पाठ में लगाते। अपने एक लड़के को डाक्टर और एक को इंजीनियर बनवा दिया था। बड़ा लड़का मिलिट्री में डाक्टर था और छोटा पी० डब्ल्यू० डी० में इंजीनियर। जमकर पैसा पीट रहा था। एक अनाथ भतीजा साथ रहता था जिसे उन्होंने ही पाला था। मियां बीवी की चैन से गुजर रही थी।

मुहल्ले में पण्डित जी का बड़ा सम्मान था। हिन्दू मुसलमान सभी समान रूप से उनको इज्जत देते थे और उनसे सलाह-मशविरा किया करते थे। जितने पूजा-पाठ वाले पण्डित जी थे उतने ही रोजे-नमाज के पाबन्द उनके सबसे करीबी मित्र हाजी अजमल थे।

अबकी पूरा शहर दंगों की आग में ऐसा धधका कि उसकी आंच पण्डित जी तक भी भरपूर आई। दूसरे मुहल्ले से आये गुंडे और बलवाइयों ने उन लोगों के होते हुए पण्डित जी के घर पर पत्थर बरसाये और आग लगाने की कोशिश की जो उनके पड़ोसियों ने नाकाम कर दी और उन बलवाइयों को वहाँ से बलपूर्वक भगाया।

अपने जन्म से लेकर अब तक पण्डित जी की इतनी उम्र होने को आई लेकिन ऐसा हादसा कभी नहीं हुआ था। उनकी जान तक को खतरा हो हो गया था। वे केवल परेशान ही नहीं थे बल्कि भयभीत भी थे। उन्हें

लगा कि उनके पड़ोसी सिर झुकाये असहाय से हैं। उनके शतरंज के साथी हाजी अजमल शरमिन्दा थे।

पण्डित जी के एक रिश्ते के चचेरे भाई सत्तारूढ़ पार्टी की सरकार में मंत्री थे। वे पद में वरिष्ठ और प्रभावशाली थे। पण्डित जी ने कभी किसी काम के लिए उनके सामने हाथ नहीं फैलाया। नाते बिरादरी में किसी समारोह, कोई शादी ब्याह के अवसर पर ही उनसे भेंट होती। लेकिन इस घटना के बाद पण्डित जी राजधानी में अपने मंत्री चचेरे भाई के घर पर लगातार एक महीना डेरा डाले रहे···फिर जब वापस लौटे तो प्रसन्न थे।

पण्डित जी की एक छोटी-सी जरूरत थी। जिलाधिकारी ने उन्हें सिविल लाइन क्षेत्र में सरकारी योजना में बने मकानों में से एक मकान आबंटित करा दिया था।

पण्डित जी परिवार सहित नये मकान में चले गये। बिरादरी के और लोग उनसे ईर्ष्या ही कर सकते थे। उनकी किस्मत को सराहते और अपनी किस्मत को कोस सकते थे। उन्हें भी इस इलाके से नहीं, दूर कोई नया मकान मिल जाता तो कितना अच्छा होता। तलाश तो सभी कर रहे थे लेकिन किराये आसमान पर थे। हर दंगे के बाद ऐसे सुरक्षित इलाकों में मकानों के किराये दुगने हो जाया करते थे।

नया मकान शहर से थोड़ा अलग हटकर था। नयी बनी सरकारी कालोनियाँ शहर से आगे विस्तार योजना का हिस्सा थीं। इस कालोनी के कुछ मकानों में लोग आकर बस गये थे और कुछ में आ रहे थे। बाजार वगैरह भी धीरे-धीरे बन रहा था। लेकिन अभी थोड़ा वीरानापन था। कालोनी से लगा थोड़ी दूर पर एक गाँव था।

पण्डित जी खुश थे। साफ हवा। भीड़भाड़-शोरगुल से दूर स्वच्छ शान्त वातावरण। न धुआं···न शोर। ऐसा ही एकान्त पण्डित जी भी चाहते थे। उनका पुराना मकान शहर की घनी बस्ती में गली के भीतर धँसा हुआ था। हरवक्त धमा चौकड़ी···पड़ोसियों की आवत-जावत। घर के भीतर लाख सफाई रखो लेकिन गली तो गली ही ठहरी।

राजधानी में पण्डित जी के रिश्ते के भाई जो वरिष्ठ मंत्री थे वे भी प्रसन्न थे कि कभी तो पण्डित जी उनके पास आये और किसी काम के लिए कहा। लेकिन उनके मंत्री भाई पण्डित जी की ओर से ज्यादा दिन खुश नहीं रह सके। साल भर बीतते-बीतते पण्डित जी ने फिर राजधानी में डेरा डाल दिया था। अबकी उनकी पत्नी भी उनके साथ थीं। उनके मंत्री भाई हैरान। अब क्या हो गया। पण्डित जी बहुत भयभीत और त्रस्त थे। दिन-दहाड़े उन मकानों में चोरी हो जाती। देर सवेर लौटो तो राहजनी के शिकार। पिछले दिनों पड़ोस के मकान में डकैती पड़ी खूब चीख पुकार मची लेकिन कोई आसपास से निकलकर नहीं आया। पण्डित जी की आदत पुराने मुहल्ले वाली थी। तुरन्त डण्डा लेकर निकल आये—लेकिन अकेले और वह भी डण्डे के साथ। डकैत गोलियाँ चलाते डराते-धमकाते लूटपाट मचा गये। इस घटना से पण्डित जी बहुत घबरा गये। उन्होंने तय कर लिया कि अब इस जगह नहीं रहना है। दोनों पति-पत्नी महीना भर राजधानी में पड़े रहे। आखिर काम हो ही गया।

पण्डित जी ने नौकरी छोड़ दी। वे पहाड़ पर रहने अपनी पैतृक जगह चले गये। अपनी सारी पूंजी लगाकर एक बस खरीद ली। रिश्तेदार मंत्री भाई ने परमिट दिलवा दिया था। उनकी बस चलती और गुजारे लायक अच्छा मिल जाता।

पण्डित जी पहाड़ के वासी थे। उनके पिताजी नौकरी की खातिर पहाड़ से उतर कर मैदान की तरफ देश में आ बसे तो बस, देश के ही होकर रह गये। अपने पैतृक स्थान पर उनका मकान जीर्ण-शीर्ण अवस्था में था। मरम्मत तो क्या होनी थी, नये सिरे से ही मकान बनवाना पड़ा। आस-पड़ोस के अपने रिश्तेदारों ने मदद की। उनसे मिलना-जुलना हुआ तो ऐसा लगा मानो अपनी बिछुड़ी मातृभूमि से फिर आ मिले हों। परम तृप्त हो गये पण्डित जी।

वे अब अति प्रसन्न थे। सारे देश में कहीं दंगे, कहीं फसाद। जगह-जगह आतंकवादी ए० के० सैंतालीस या दूसरे विदेशी हथियार घुमाते फिराते। कहीं अपरण, कहीं आगजनी कहीं बम विस्फोट। यहाँ अपने पुरखों की गोद में उन्हें स्वर्गिक शान्ति थी। ऊँचे-ऊँचे शान्त पहाड़। ठण्डी

हवा। ठण्डा पानी। सीधे सच्चे लोग। अपनी भाषा, अपनी संस्कृति,··· अपने लोग इतना अपनापन। वे अभिभूत थे।

उनके देवस्थान पर एक दिन अचानक गाज गिरी। उनकी वापस लौटती बस को आतंकवादियों ने लूट लिया। उनका भतीजा बस में था। उसके पास से पूरा कैश लूट लिया। उसके विरोध करने पर उसे घायल करके ड्राइवर और कंडक्टर के साथ नीचे उतार कर डाल दिया और बस को अगुवा कर ले गये और बाद में पूरी बस को बम से उड़ा दिया।

पण्डित जी का तो हार्टफेल होते-होते रह गया। बच गये वह। आतंकवादी देश के कोने कोने से निकल पहाड़ों की तलहटी से होकर ऊपर शिखरों तक भी पहुँच जायेंगे— कोई कल्पना नहीं कर सकता था। शिखरों पर स्थित देव स्थान से उन्हें किसी ने पाताल लोक के अँधेरे में डाल दिया था।

वे तो बरबाद हो गये थे। तन से, मन से और धन से भी।

उनका छोटा लड़का जो विदेश में था, एक दिन हिन्दुस्तान आया और पण्डित जी तथा अपनी माँ को अपने साथ ले गया। अबकी बार पण्डित जी को राजधानी में डेरा डालने की जरूरत नहीं हुई। उनके मंत्री भाई ने खुद ही उनकी मदद की और हफ्ते दस दिन में पासपोर्ट, वीजा दिलवा दिया।

जाते वक्त पण्डित जी मुझसे मिलने आये थे। जरूर पिछले जन्म में पुण्य किये थे कि श्रवण कुमार जैसा पुत्र मिला। कहता था कि अब वह उन लोगों को कभी वापस नहीं आने देगा। क्या धरा है हिन्दुस्तान में। पूरा देश मानो रणभूमि बना हुआ है। एक कोने से लेकर दूसरे कोने तक— ऊपर से लेकर नीचे तक झगड़े। जगह-जगह आतंकवादियों का राज। दंगे। फसाद। कोई कानून, कोई व्यवस्था नहीं। आदमी की जान कौड़ियों के मोल है। कहीं कोई सुरक्षा नहीं·· ऐसा पण्डित जी कहते रहे।

पण्डित जी विदेश चले गये। उनके खत आते रहते थे! शुरू-शुरू में जल्दी-जल्दी। बाद में यदा-कदा। फिर बन्द हो गये। मैं समझा कि अब उन्होंने ढाल लिया है अपने आप को विदेशी आबो-हवा में। मन लग गया है उनका। चलो अच्छा हुआ। सुख-चैन से तो हैं।

कुछ साल बाद एक दिन उसी दंगे वाले शहर में जाना हुआ। एक दोस्त की बारात में गया हुआ था। शाम को चाय पीकर जनवासे से निकला। थोड़ा बाजार की ओर टहलने का इरादा था। तभी आवाज सुनाई दी। कोई पुकार रहा था। जिधर से आवाज आई उधर ही जाकर देखा।

एक स्टेशनरी की दुकान थी। काउंटर के पीछे बैठा व्यक्ति आवाज दे रहा था। उसे देखकर कुछ पहचान तो उभरी लेकिन इत्मीनान नहीं था। पास जाकर देखा।

अपने पण्डित जी थे। उनका तो हुलिया ही बदला हुआ था। कहाँ पुराने कुर्ता-पाजामा वाले चन्दन का टीका धारे और कहाँ सूट-बूट डाटे पण्डित जी। विदेश प्रवास ने उनका लिबास बदल डाला था। खासे स्मार्ट लग रहे थे। पास ही एक कुर्सी पर उनके पुराने मित्र हाजी अजमल बैठे थे। वही उनकी अधपकी दाढ़ी, काली शेरवानी और हाथ में बेंत। दोनों बैठे बतिया रहे थे।

—'मास्टर जी, बहुत दिनों बाद दिखे।'

—'पण्डित जी, आप तो विदेश चले गये थे। कब लौटे? किसी काम से आये हैं? कितने दिन हैं अभी आप यहाँ?'

—'अरे मास्टर साहब! अपने पण्डित जी तो चूहा हैं चूहा। घूम फिर कर फिर चूहा बन गये और आ गये अपने बिल में। चक्कर लगा आये दुनिया का···' जवाब दिया हाजी साहब ने।

बहरहाल पण्डित जी ने जो बताया उस पर हंसी भी आई और दुःख भी हुआ। उन्होंने बताया कि वहाँ अपने को व्यवस्थित कर ही लिया था उन्होंने···। नई जगह—नया माहौल—अलग भाषा—अलग तरह के लोग

तिस पर ढलती उम्र। फिर भी ढाल ही लिया था उन्होंने अपने को। रचने-बसने लगे थे वह वहाँ की आबो-हवा में। हाँ, तो एक दिन वह शाम को पैदल अकेले ही हवा खोरी के लिए निकल पड़े थे। वहाँ के इलाके से खासे परिचित हो गये थे इसलिए कोई परेशानी नहीं थी। लौटते में थोड़ी शाम हो गयी थी। करीब दो फर्लांग का रास्ता सुनसान पड़ता था। वहाँ अचानक चार पाँच नौजवान गोरों ने उन्हें घेर लिया। सफाचट मुंडे सिर वाले वे लड़के उस दल के सदस्य थे जो अपने देश की धरती पर हर विदेशी से घृणा करते थे। खासतौर पर हिन्दुस्तान या हिन्दुस्तान जैसे और मुल्कों से आये भूरी-काली नस्ल के लोगों से वह बेहद घृणा करते और उन्हें आतंकित करते थे। खूँखार नौजवान थे वह! पहले तो वह हँसते बतियाते रहे··· फिर उद्दण्ड हो गये। पण्डित जी को धकियाने और गाली देने लगे और फिर उन्हें पीटना शुरू कर दिया।

'मास्टर जी, अपने मुल्क में इतना कुछ हुआ लेकिन कभी किसी ने हाथ नहीं लगाया था। फिर तन की चोट उतनी नहीं थी जितनी अपमान की चोट थी और भय था। अनजान जगह। कोई अपना नहीं। मैं वहीं वेहोश होकर गिर पड़ा···। होश आया तो एक पुलिस वाला पास था। वह टैक्सी में बिठाकर घर छोड़ गया। उस दिन तो साक्षात् मौत के दर्शन हो गये थे मास्टर जी। मैंने कहा कि मरना ही है तो अपनी जमीन पर मरूँगा···यहाँ परदेस में नहीं। वहाँ तो मरते वक्त अगर मुँह से कुछ निकला तो कोई समझाने वाला भी नहीं होगा। सामने कोई पहचाना चेहरा भी न होगा··· मरना ही है तो फिर अपने लोगों के हाथों ही मरना क्या बुरा है'···

—'अरे मास्टर साहब। कहीं नहीं मर रहे पण्डित जी। हमें मार कर मरेंगे ये···' हाजी साहब ने फिर अपना भरपूर ठहाका लगाया।

मन्द-मन्द मुस्कराते पण्डित जी अपनी छोटी-छोटी आँखें मिचमिचा रहे थे।

गलत नम्बर का जूता

चमकते जूतों की चरमराहट। दरवाजा खुला। फिर बन्द। जीप स्टार्ट हुई और एक खामोशी छा गई—अन्दर भी और बाहर भी।

सुजाता बैठी ही रह गयी जमीन पर।

सुधीश के नाइट सूट की कमीज पलंग पर पड़ी थी। पाजामे का एक पॉयचा सीधा और एक उल्टा होकर नीचे लटक रहा था। पानी से भीगी स्लीपर उल्टी पड़ी थी। पालिश की खुली डिब्बी एक ओर पड़ी थी और ब्रश दूसरी तरफ।

अभी सारा काम पड़ा था।

पलंग पर छोटी अंजु नींद में ही हाथ-पैर फेंक रही थी। एक मक्खी बार-बार उसके होठों पर बैठ जाती। सुजाता मक्खी को देख रही थी और बस—सिर्फ देखती जा रही थी। छोटी-छोटी बन्द मुट्ठियों को अंजु मुँह तक लाती—धीरे-धीरे मलती लेकिन ढीठ मक्खी, फिर बैठ जाती वहीं पर। अंजु रोने की-सी आवाज निकालने लगी। जैसे न चाहते हुए भी रो रही हो।

सुजाता ने हौले से मक्खी को हटा दिया और मसहरी से उसे ढंक दिया। अंजु अब डिब्बेनुमा मसहरी में बन्द हो गयी। अन्दर छोटी प्यारी, सोती हुई अंजु, उसका झुनझुना—दूध की बोतल और चारों तरफ से बन्द जालीदार—खूबसूरत कैदखाना।

पलंग पर नारंगी फूलदार चादर सिमट कर गुजमुजैली हो रही थी। सुजाता को सफेद चादरें अच्छी नहीं लगतीं। इसलिए नहीं कि जल्दी मैली हो जाती है, बल्कि अजीब रिक्तता का भाव उसके भीतर जगता है। छोटे-छोटे फूल—सारे पलंग पर बिखरे हुए—यह कल्पना अपने आप में

बहुत रोमांटिक लगती है।

हो गया सब रोमांस खत्म। अब जमीन पर उतर आओ मैडम। भूल गई अभी पतिदेव क्या कह गये हैं?

मालूम है। यह न कि वे जो कुछ करते हैं हम लोगों की सुख-सुविधा के लिए ही करते हैं।

उसने कमरे में एक नजर दौड़ाई।

—यह अलमारी गोदरेज की। यह पलंग—डबल बैड।

—आगे बढ़ो।

—गद्दे डनलप के, बिस्तर—फूलदार खूबसूरत चादरें।

—मारो गोली फूलों को—और?

—ड्रेसिंग टेबिल।

—ठीक—आगे बढ़ो।

—आगे···ड्राइंग रूम में रखा सोफा—पंखे।

—चलो मान लिया। आगे।

—अं···, फ्रिज तो अगले महीने आयेगा। टी. वी. के लिए डीलर से कह दिया है।

—ठीक! और?

—अब और क्या? अलमारी में रखी साड़ियाँ, एक अदद गहनों का सैट···अम्माँ ने दिया था।

—वाह-वाह! यह कौन-सी गिनाने की चीज है। साड़ी जेवर तो तुम्हीं पहनोगी न। कोई दूसरा उसका इस्तेमाल थोड़े ही करेगा।

—अच्छा! तो सुधीश बाहर घूमने के लिए या पार्टी वगैरह के लिए तैयार होते समय क्यों जिद करता है कि यह पहनो और कि वह पहनो। यह लाल पाड़ की पीली बूटी वाली कांजीवरम पहनो कि नीली मद्रासी सिल्क— कि गले में पहनो और कानों में कुछ डालो···। तब तो बड़े घमंड से जनाब यह बताना कभी नहीं भूलते कि मैं अपने कालेज में समर क्वीन रह चुकी हूँ···।

—गलत! यह नहीं! दरअसल सुधीश यह बताता है कि देखो मैं सुजाता का, जो अपने कालेज में ब्यूटी क्वीन रह चुकी है—उसका पति

हूँ—उसका मालिक हूँ, समझीं…

बाहर दरवाजे में कुंडी खड़की। धीरे-धीरे उठते भारी कदमों की आहट। उसने आवाज लगाई।

—कौन ? राम संजीवन ?

—जी ! बीबी जी—

—आ गया तू।

राम संजीवन हाजिर था। रोज की तरह ठीक नौ बजे। वही सफेद पाजामा—नीली कमीज। पैरों में अपनी नाप से बहुत बड़े—अलादीन के से जूते। काला चमड़ा घिसकर जगह-जगह सफेद होता हुआ। ऐसा लगता जैसे उसके पतले पैर बड़े-बड़े जूतों में नीचे गहरे तक डूबे हुए हों। रोज उसका दिल चाहता कि वह उसे मनाकर दे कि अब से इन्हें पहनकर मेरे सामने न आया कर। लेकिन यूँ ही कैसे मना कर देगी वह। पहले इसके बदले में दूसरे जूते दो उसे। न जाने किस बाबू साहब के अहसान में पैरों को छिपाये फिरता है। चलता है तो भटर-भटर…सावधानी से पैर उठाकर न रखा तो मानो जूता नीचे रह जायेगा और पैर ऊपर का ऊपर। दूसरे के नम्बर में अपने पैरों को खूब फिट कर लिया है राम संजीवन ने।

—जा, चाय रखी है तेरे लिए किचन में। चाय पी ले फिर सब्जी ले आ जल्दी से।

उसे मालूम है कि राम संजीवन के लिए सवेरे काम करने से पहले चाय उतनी ही जरूरी है जितनी सुधीश के लिए सुजाता की नौकरी…।

मेज पर पेपरवेट से दबा आवेदन पत्र वह लाख न देखना चाहे—लेकिन नजर तो पड़ेगी ही उस पर। इसकी वजह से ही आज झगड़ा हुआ। हवा में इधर-उधर फड़फड़ाता हुआ वह कागज—मानो सुजाता को मुँह चिढ़ा रहा हो।

आओ-आओ भर डालो मुझे। मैं दिलवाऊंगा नौकरी। लिखो-लिखो, जल्दी लिखो—

—नाम सुजाता रानी—नहीं, श्रीमती सुजाता शर्मा।

—नेशनेलिटी, इंडियन।

—रिलीजन, हिन्दू—ब्राह्मण भी।

—आगे चलो।

—क्वालिफिकेशन—एम० ए० सेकिण्ड क्लास।

—जी हाँ। सेकिण्ड क्लास, इसलिए तो दो की जगह पाँच हजार देने पड़ेंगे लाला हरदयाल को।

—कौन कहता है दो? दस पैसे भी न दो। सुजाता ने तो स्पष्ट कहा था सुधीश से।

—तो मिल गयी तुम्हें लेक्चररशिप। नौकरी तो धरी है न हथेली पर। बेरोजगारी का आलम दीखता नहीं तुम्हें। अच्छे-अच्छे टॉपर जूते चटखा रहे हैं आजकल।

—मैं तो पहले ही कह चुकी थी कि मैं नौकरी नहीं करना चाहती।

—जी हाँ! देवी जी लाख दो लाख ले के आई हैं मायके से जो नौकरी नहीं करना चाहतीं···।

—लाख दो लाख जहाँ से मिल रहे थे तो वहीं चले जाते।

पीछे-पीछे तो तुम्हीं लगे थे मेरे कि मर जाऊँगा—और कि रेल से कटकर जान दे दूंगा···।

सुजाता नहीं चूकती अपना टेपरिकार्डर इस्तेमाल करने से। सुधीश चुप पड़ गया था थोड़ी देर के लिए।

—'जीतू, तू समझती क्यों नहीं। खाली बैठे-बैठे क्या करेगी। बोर हो जायेगी।' उसका स्वर काफी नीचा और कुछ हद तक दयनीय हो चला था।

सुजाता को तरस आने लगा उस पर। लेकिन चुप तो वह भी नहीं रह सकती।

—'काम तो बहुत हैं करने के लिए।' उसने बात धीरे से सरका दी। न जाने सुधीश समझना क्यों नहीं चाहता उसकी बात।

वह अपने घर संसार में मस्त है। ये झंझटबाजी उसके बस की नहीं।

लेकिन, वही हुआ जिसकी उसे आशंका थी। सुधीश का पारा गर्म

हो गया। खीज उठा वह।

—'जो जी में आये करो। मेरी बला से। तुम्हारे तो दिमाग इस कदर खराब कर रखे हैं तुम्हारे बाप जान ने कि बस···।'

फिर बाप का नाम। अब सुजाता कुछ कह देगी तो अभी महाभारत मच जायेगा। उसने होंठ भींच लिए अपने। जाते वक्त वह सुधीश का मूड नहीं खराब करना चाहती थी। उसे तेज-तेज कदमों से बाहर जाता हुआ देखती रही वह।

सुजाता बहुत कोशिश करती है लेकिन वह सुधीश के तरीके से नहीं सोच पाती। संस्कार कहीं बहुत गहरे जड़ें जमाये बैठे हैं। सुधीश कहता है कि वह आउट आफ डेट है—उसका सोचने का तरीका आउट आफ डेट है। उसके पापा भी आउट आफ डेट हैं। पापा की तो खैर निभ गई, लेकिन तू क्या करेगी ? तेरा खुद का क्या है ? रहना तो सुधीश के मुताबिक ही है।

लोग उसके भाग्य से ईर्ष्या करते हैं। कितना अच्छा पति मिला है। सचमुच, क्या कमी है उसमें। पढ़ा-लिखा—खूबसूरत। इंजीनियर है। सरकारी नौकरी में अच्छी कमाऊ जगह पर है। बहुत चाहता है उसे। हर सुख-सुविधा का ख्याल रखता है। अपनी जिद से शादी की है। किस कदर पीछे पड़ गया था वह उसके। उसका कालेज, सुधीश के इंजीनियरिंग कालेज के रास्ते में पड़ता था। जब देखो तब रास्ते में खड़ा मिलता। शुरू में तो उसने ध्यान ही नहीं दिया। फिर जब बात समझ में आई तो शरमाने लगी थी वह उससे। ऐसी बातें कहाँ छिपी रहती हैं। बात बढ़ने लगी।

उसकी दोस्तें सुधीश को देखते ही फर्राटे से अपनी साइकिलें आगे दौड़ा लेतीं—और वह बेचारी पीछे रह जाती। क्या दिन थे वह भी।

पापा से बातें हुईं तो उन्होंने सुधीश को साफ बता दिया था कि वह नकद कुछ भी नहीं देंगे। बेटी की सुख-सुविधा की हर जरूरी चीज जुटायेंगे, लेकिन नकद बिल्कुल नहीं। पापा एक अपनी धुन के पक्के।

जिद्दी आदमी। तभी तो मम्मी कहती हैं कि उन जैसी जिद उसमें भी आई है। क्या करे– गलत बात पर दबा भी तो नहीं जाता। घर वालों ने कभी दबने का मौका ही नहीं दिया। सच। अब याद आती है। कितना सताया है उसने बचपन में भैया को। खुद उसे छेड़ती थी— तंग करती थी। भूल से उसने एक चपत भी लगा दी तो बस। रो-रो कर सारा घर आसमान पर उठा लेती। भैया को डाँट पड़ती सो अलग।

तो पापा ने कह दिया कि वह पैसे देकर अपनी लाड़ली बेटी को नहीं ब्याहेंगे। कोई सौदा थोड़े करना है। सुधीश की जगह कोई और होता तब भी वह यही करते। फिर पापा के पास कौन-सी रिश्वत की कमाई धरी थी। रूखी-सूखी जो भी थी अपने पसीने की मेहनत।

तभी तो एक दिन बातों की रौ में सुधीश कह गया था। खाना खा रहे थे दोनों। न जाने क्या बात चल रही कि वह बोल पड़ा।

—'तुम्हारे पापा तो बेवकूफ हैं। कौन कहेगा कि सुपरिन्टेन्डिंग इंजीनियर हैं। आज के जमाने में इस फटीचर तरीके से रहते हैं…।'

सुनते ही उसके बदन में तो मानो आग लग गई। सारा खून दिमाग में जम गया। घन से बजने लगे आँखों के सामने। उसकी समझ में नहीं आया कि क्या करे वह। धड़-धड़-धड़…उसने सारे बर्तन मेज से नीचे गिरा दिये—सारा खाना जमीन पर। सुधीश ने यह देखा तो कूदकर दरवाजे की ओर लपका। नया सूट पहना हुआ था उसने। पानी का जग उसके पीछे दरवाजे तक लुढ़का। सचमुच पागल हो गई थी वह। चम्मचें और गिलास—वे भी मिसाइलें बनकर दीवारों से टकराईं। अचार का बर्तन तेल बिखेरता हुआ कुर्सी पर अटक गया।

सुधीश दूर—स्तम्भित खड़ा रह गया। कुछ देर तक तो कोई बोल ही नहीं फूटा उसके मुँह से। फिर, दूर से ही चिल्लाया।

—'पागल हो गई हो क्या सुजाता। कर क्या रही हो? दिमाग खराब हो गया है क्या?' सुजाता को फिर गुस्सा चढ़ने लगा। एक तो इतनी बेहूदा बात—और फिर उसका दिमाग खराब बता रहा है। फिर कुछ नहीं सूझा तो वहीं बैठ गई और रोने लगी।

सुधीश सकपकाया-सा थोड़ी देर खड़ा रहा और फिर अन्दर चला

गया। वह वहीं बैठी रोती रही। राम संजीवन जब पानी की बाल्टी और झाड़ू लेकर आया—तभी उठी वह।

बात तो आई गई हो गई लेकिन वह एक बात अच्छी तरह समझ गई कि उसके और सुधीश के बीच समीकरण सही नहीं बैठता। उसकी बात सुधीश नहीं समझ पाता और सुधीश का तरीका उसकी समझ से बाहर है। दोनों का सोच अपनी तरह का है। अलग-अलग खाँचे—अपने आप में पूरे—खूबसूरत—लेकिन एक दूसरे में फिट नहीं बैठते।

बाहर से सब कुछ ठीक-ठाक लगता है। सब सहज, सामान्य—बल्कि सामान्य क्यों, अच्छा – बहुत अच्छा, लेकिन भीतर ! लगता है सब उलट-पुलट हो गया है। कमबख्त—एक तराजू-सी उसके भीतर लटकी रहती है—क्या सही—क्या गलत। हर वक्त यही लेखा-जोखा करता रहता है मन।

अब हालत यह कि सुधीश पापा को बेवकूफ कहता है। उल्टी गंगा बहा दी उसने तो। ठीक है, नहीं कमाया उन्होंने बेईमानी से लाखों। खुश हैं—चैन से रहते हैं। मम्मी ने भी कभी उनसे उल्टी-सीधी फर-माइश नहीं की। पड़ोसियों की देखा-देखी नहीं की। हमेशा पापा के लिए गर्व महसूस किया कि वे इतने ईमानदार हैं – सच्चे आदमी हैं। आज की इस दुनिया में जहाँ पैसा ही भगवान् है —पैसा ही जिन्दगी है—कहाँ मिलेगा ऐसा आदमी। तभी तो उनकी आवाज में कड़क है—आँखों में तेज है और माथा उठा हुआ है। लोग कहते हैं कि वे तो कलियुग में सन्त हैं—कोई भटकी हुई महान् आत्मा जो इस दुनिया में वक्त पूरा करने भेज दी गई हो। उन्होंने ऐसा नहीं किया—पैसों में नहीं खेले तो क्या हम इसके लिए इज्जत के दो शब्द भी न कहें।

अपने उसूलों के लिए क्या नहीं सहा उन्होंने। अपने मंत्री जी को भी एक बार नाराज कर दिया। पचास लाख का बजट था। पापा ने काटकर तीस लाख कर दिये। बहुत आत्म-विश्वास के साथ उन्होंने कहा था कि वे तीस लाख में ही नगर को पूरा पानी सप्लाई कर देंगे···पुख्ता पाइप लाइनों का जाल बिछा देंगे·· लेकिन मंत्री जी, बजाय खुश होने के नाराज हो गये। उनके एक्जीक्यूटिव इंजीनियर—असिस्टेंट

इंजीनियर—जूनियर—इंजीनियर—ठेकेदार—छोटा ठेकेदार—सप्लायर—लम्बी कतार। सब नाराज। अजीब घनचक्कर आदमी हैं। मिनिस्टर पचास लाख दे रहा है—और वह बीस लाख वापस लौटा रहा है। इतने लम्बे-चौड़े अमले के बीच दो लाख होते ही क्या हैं। बँट-बँटाकर हरेक के हाथ कितना लगेगा ?

तभी अन्धे के हाथ बटेर—सुना गया कि शहर में पीलिया जोरों से फैल रहा है। बरसात के दिन। हैजे-चेचक का मौसम। मजदूर बस्ती में वैसे ही पीने के पानी का अभाव—जिस पर मेहतरों की हड़ताल। पता चला कि वहाँ बरसाती पोखर का पानी लोग इस्तेमाल कर रहे हैं।

पापा ने तुरन्त वहाँ ट्यूबवैल लगवाने का काम शुरू कर दिया। नगरपालिका से सिफारिश की—कुछ नहीं तो कम से कम सार्वजनिक शौचालय ही बना दिये जायें—जल्दी से जल्दी। पोखर, तालाब का पानी बचेगा गन्दा होने से। खुद उन्होंने अपने विभाग में युद्धस्तर पर काम शुरू किया।

लेकिन यह क्या ? रातों रात मानो आसमान से उतर पड़े हों—सारे शहर में पापा के खिलाफ पोस्टर चिपक गये—'शर्मा हटाओ – नगर को पीलिया से बचाओ।...'

जहाँ देखो, यही पोस्टर चमक रहे थे। विभाग के लोग तो उधार खाये बैठे ही थे। तुरन्त एक डेपुटेशन लखनऊ दौड़ा, मंत्री जी से मिलने—और हफ्ते भर में पापा का तबादला बस्ती के लिए हो गया।

यूँ तो तबादले होते ही रहते हैं—लेकिन अबकी बात कुछ और थी। एक हारेपन का अहसास था उनके भीतर। उसका इण्टर फाइनल था। भैया का मेडिकल का पहला साल। भैया बहुत नाराज। पापा की गैरहाजिरी में खूब बमके।

—'बहुत ईमानदार बनते हैं। देख लिया ? हर जगह हमारी बेइज्जती। सब पूछते हैं। हरेक को सफाई देता फिरूँगा क्या ?'

मम्मी चुप थीं। होंठ भींचे अपना काम करती रहीं। यह देखकर भैया और चढ़ गये।

—'अब आओ—रहो बस्ती में। सड़ो वहाँ। यहाँ हॉस्टल का खर्चा

बढ़ा सो अलग। आखिर यह सब करने की क्या जरूरत थी ?'

—'बस—बहुत हो गया। ज्यादा बड़-बड़ नहीं करते। सच्चाई सब जानते हैं। तुम्हें जरूरत नहीं किसी को सफाई देने की। धन्य समझो कि ऐसे बाप के बेटे हो। हो सके तो कुछ सीखने की कोशिश करो उनसे।' मम्मी ने बहुत सख्त आवाज में कहा। उनका एक-एक शब्द शिलाखण्ड-सा भारी था। आँखों में अजीब तिरस्कार का भाव। भैया ने मम्मी की ओर देखा तो सिट्टी-पिट्टी गायब। बोलती बन्द हो गई। चुपचाप खिसक लिए वहाँ से। पहली बार उसे तय करना मुश्किल हो गया कि पापा की इस मजबूती के पीछे—इस खरेपन के पीछे कौन है ? अकेले पापा या···पतले-पतले होंठ भींचे—शान्त रहने वाली मम्मी। वे बहुत कम बोलतीं। पापा बिल्कुल उल्टे। मस्त मौजी—खूब हल्ला-गुल्ला करने वाले। लेकिन लगता कि मम्मी की आँखों से ही देखते हैं। या दोनों की एक ही नजर है—एक ही सोच—एक ही अन्दाज है।

एक बार, बहुत छोटी थी वह। शायद चार-पांच साल की। किसी नई जगह ट्रान्सफर होकर आये थे। एक दिन शाम को एक आदमी झउवा भरकर आम दे गया। आम भी क्या शानदार—ये बड़े-बड़े। वह और भैया खूब खुश। मम्मी ने कह दिया—'कल खाना आज नहीं।' रात सोते-सोते—मानो सपना देख रही हो—मम्मी की आवाज सुनाई दी। वे पापा से कह रही थीं—'सुनो, वे आम वापस करवा देना। मुझे नहीं रखने हैं।···'

—'अरे छोड़ो—आम ही तो खिला रहा है, कोई जहर थोड़े ही दे रहा है हमें···।'

—'नहीं—वह कोई हमारा रिश्तेदार लगता है ? आज आम देगा—कल उसकी दस गुनी कीमत वसूलेगा। मेरे बच्चे तो बीमार हो जायेंगे ये आम खाकर···।'

—'जैसी तुम्हारी मर्जी। चलो···अब तो खुश···'

और सवेरे, सचमुच पूरा झउवा गायब था। वह तो रोने लगी थी। भैया अलग मुंह फुलाकर बैठ गया था।

—'हम तुम्हारे लिए और आम लायेंगे बच्चो— ढेर सारे। परेशान

क्यों होते हो।' पापा ने धप् लगाई उसकी पीठ पर--और वह मौका पाकर उनकी पीठ पर चढ़ गई—'अब आप दस चक्कर खिलवाइये हमें पापा। आपकी सजा···'

शाम घर लौटने पर सुधीश सीधा बाथरूम में घुस गया। वहीं से चिल्लाया—'जीतू डियर। झटपट तैयार हो जाओ। अलीगढ़ चल रहे हैं।'

सुधीश कितनी जल्दी सहज हो जाता है। कितना खुश—उत्साह से भरा हुआ। सवेरे जैसे कुछ हुआ ही न हो।

—'चाय तो बना लूँ।'

—'वहीं पी लेंगे' चीखा वह। 'फिल्म देखने चल रहे हैं हम लोग। बड़े साहब भी हैं फेमिली के साथ।'

वह चुप लगा गई। बड़े साहब की बीवी। भगवान! तीन घंटे उन्हें झेलना पड़ेगा। बहरहाल, जाना तो है। लाख हड़बड़ाहट हो। अंजु को तैयार करना, उसकी दूध की बोतल बनाना—उसके कच्छे पर्स में ठूंसना। बीच-बीच में उसकी चें-चें अलग। ऊपर से बड़े साहब की बीवी की बकबक। उनके नये वी० सी० आर० की चर्चा सुनेगी। उनसे घर जाने का वायदा करेगी, वी० सी० आर० पर फिल्म देखने के लिये। उनके खास बैलजियम के शैन्डीलियर की तारीफ सुनेगी जो अब की दीवाली पर उन्होंने मंगवाया है। वह सुनेगी—सब सुनती रहेगी—मुँह बाये।

सुधीश कभी-कभी उसे टोकता है—'क्या पागलों की तरह मुँह ताकती रहती हो। लगता है बोलना नहीं आता।'···

—'क्यों? बोलना क्यों नहीं आता। क्या वह भूल गया कि वह अपने कालेज के दिनों में एक अच्छी डिबेटर रही है। और···कविता प्रतियोगिया में उसे इनाम भी मिला था। उस समारोह में खुद सुधीश भी तो मौजूद था—खास उसकी कविता सुनने के लिए।' वह कविता उसे आज भी याद है—

डाली से झर-झर झरे पात,
लहराया-बसन्त फिर आया···

उसका यह गीत खत्म होने पर हॉल में तालियाँ बजीं। बाद में सुधीश बाहर मिला। झुककर नमस्कार करते हुए बोला—'आइये कवयित्री, जी, आइये। आपका बसन्त आपकी प्रतीक्षा कर रहा है—' और दोनों हँस पड़े थे।

तब तो सचमुच हँसी के साथ फूल झरा करते थे। सुधीश तब कितना अच्छा था। सीधा-सीधा, मस्त और अब ! अब कहता है कि जीवन कविता नहीं, ठोस यथार्थ है। फूल नहीं, सख्त पत्थर है। इस पत्थर को फूलों की क्यारी में बदलना—कोई आसान काम है ? पत्थर तोड़ने पड़ेंगे।

शायद, ठीक ही कहता है। हर सुख-सुविधा से वह घर को भर देना चाहता है।

रात। सुधीश कुछ परेशान था। उड़ती-उड़ती-सी खबर थी कि उसका ट्रान्सफर हो रहा है। बड़े साहब ने संकेत दिया था।

—फिर।

—फिर क्या यार। कल ही जा रहा हूँ लखनऊ। कम-से-कम दो एक साल तो यहाँ और रह लूँ। कुसुम की शादी भी करनी है। अम्माँ के पास क्या धरा है। जो कुछ था, मेरी पढ़ाई में लगा दिया।

—शादी तो वहाँ से भी की जा सकती है ?

—वहाँ आफिस में क्या है, सिवाय सूखी तनखाह के। लाख रुपये से कम नहीं लगेंगे शादी में। हर आदमी सोचता है कि भाई इंजीनियर है, इतना तो देगा ही।

—प्रमोशन भी तो हो रहा है तुम्हारा। यह तो अच्छी बात है।

—प्रमोशन की ऐसी तैसी। यहाँ सब आगे-पीछे चक्कर काटते हैं—खुशामद करते हैं। नया प्रोजेक्ट है यहाँ। नई मशीनें लग रही हैं। बड़ी मुश्किल से तो परचेज कमेटी में नाम आया है मेरा। लाखों का सामान

खरीदा जाता है मेरे द्वारा। भला बताओ—बीच में ही यह ट्रांसफर ! अरे लाख दो लाख बन जायेंगे यहाँ। कुसुम की शादी कर देंगे और अपनी जीतू डार्लिंग के लिए गाड़ी बुक करा लेंगे।

—'अच्छा'— अपनी आवाज के धीमेपन पर ताज्जुब हुआ उसे।

—'और क्या'—सुधीश ने हौले से उसे अपनी ओर खींच लिया। 'तुम तो मेरे ऊपर बस नाराज होती रहती हो—ऐश कराऊंगा तुम्हें, ऐश। सब साले खा रहे हैं। मौज कर रहे हैं। गधा है वह जो मौके का फायदा न उठाये।'

—'लेकिन सुधीश…'

—'यार, अब तुम इस लेकिन-वेकिन की छुट्टी करो। थक गये आज बहुत। सोयेंगे अब…हाँ। कल तुम अलीगढ़ जरूर चली जाना। मैंने जीप के लिए कह दिया है। जाकर लाला जी से मिल लेना।'

सुजाता चुप पड़ गई। फिर वही असमंजस।

—'मुझे तो सुधीश, वह आदमी बहुत गन्दा लगता है। तेल मिल का मालिक क्या है—लगता है बदन और आतमा सब चीकट हो गयी है उसकी। इतना चिपचिपा भाव…'

—'होगा भई चिपचिपा। अपना काम है, क्या किया जाय। यही लोग ठेकेदारी कर रहे हैं स्कूलों, कालेजों में। कहने लगा—एक बार आपकी मिसेज मिल लें। हमने तो देखा भी नहीं उन्हें। देख लो ससुर। लाखों में एक है हमारी मिसेज।'

सुधीश मुस्कराया उसकी ओर देखकर।

—'मैंने तो सुना है सुधीश, वह बदमाश आदमी है…' धीरे से बोली वह।

—'है बदमाश तो? तुमसे क्या करेगा। पाँच हजार भी तो दे रहा हूं।'

सुजाता चुप पड़ गयी। उसका दिमाग फिर चक्कर काटने लगा। नींद गायब। कीड़ा कुलबुलाने लगा दिमाग के किसी कोने में। ऐसे जबरदस्ती तो वह कुछ नहीं करेगी। यह क्या बात हुई? उसकी अपनी इच्छा-अनिच्छा कुछ नहीं।

— मेरे ख्याल से इतने छोटे बच्चे को लेकर सर्विस हो नहीं पायेगी। उल्टे-सीधे नौकरों के हाथों में छोटी बच्ची को छोड़ना···और···शुरू-शुरू में खुद भी तो बहुत पढ़ना पड़ेगा। आखिर डिग्री कालेज है, कोई मजाक तो नहीं। तुम तो जानते ही हो—पढ़ने में बहुत अच्छी तो मैं कभी नहीं रही···।

—जी हाँ मैडम। मुझे मालूम है। आप डिग्री कालेज में ही जा रही हैं, किसी रिसर्च इन्स्टीट्यूट में नहीं।

—'कल-परसों तुम्हारा ट्रांसफर हो जायेगा, तब ?' सुजाता को मालूम है कि सुधीश खीझ रहा है, लेकिन वह आज बात तय करके ही मानेगी।

—'तब की फिर देखी जायेगी। तुम्हारी अक्ल में यह बात क्यों नहीं आती कि अगर, भगवान् न करे, यह इन्क्वायरी हो जाय कि सुधीश शर्मा असिस्टेंट इंजीनियर के पास इतना पैसा कहाँ से आया—कहाँ से गाड़ी खरीदी, कहाँ से मकान बन गया तो क्या जवाब देंगे ? तुम्हारी सर्विस है तो कह सकते हैं कि ढाई-तीन हजार तुम्हारी तनखाह से आते हैं···और प्लीज। अब बहस बन्द करो। अपनी बहुत अक्ल दिखा दी तुमने। मुझे जाना है कल। सो लेने दो···'

और फटाक से उसकी ओर पीठ कर ली उसने।

सुजाता को लगा जैसे सुधीश ने उसके गालों पर तड़ातड़ तमाचे जड़ दिये हों। नहीं मानेगा—कभी नहीं मानेगा। उसकी मम्मी, पापा को बिना कहे सब समझा लेती थीं। वह, वह तो महीनों से, साल-दर-साल उससे कुछ कह रही है और वह है कि न कुछ सुनता, न समझता। दोनों के बीच कहाँ, क्या छूट गया है ! अभी तो शुरुआत ही है।

सुधीश बहुत तेज दौड़ रहा है। वह ऊँची छलाँग लगाना चाहता है—बहुत आगे—बहुत तेज। जल्दी-से-जल्दी जो बटोर सके बटोर कर झोली भरना चाहता है। उसका कितना कुछ बहुमूल्य नीचे गिर रहा है, धूल में मिल रहा है, उसकी चिन्ता नहीं। लेकिन···क्या मूल्य है—क्या बहुमूल्य···अपना-अपना नजरिया ही तो है।

उसने सुधीश की ओर देखा। चौड़ी समतल पीठ। उस पर नाइट

सूट की दौड़ती हुई धारियाँ। उसकी धुँधलाती नजरों में काली सफेद धारियाँ और उभर आई थीं—दौड़ रही थीं समानान्तर। कितनी पास-पास—और दूर भी। सुधीश की नाक बजने लगी थी। उसकी आँखें रात भर इन बनती-बिगड़ती धारियों के छोर ढूँढ़ने में ही लगी रहीं।

सवेरे। नाश्ते की मेज पर वह आश्चर्यजनक रूप से शान्त थी। सुधीश ने नाश्ता कर लिया था। वह सेब काट रही थी। प्लेट उसकी ओर बढ़ाते हुए उसने सुधीश की ओर देखा भरपूर। वह सहज था। कुछ सोच रहा था।

—'क्या बात है ? ऐसे क्यों देख रही हो ?'

—'कुछ नहीं—ऐसे ही।'

—'मैं शाम घर नहीं आऊँगा, अच्छा। वहीं से निकल जाऊँगा लखनऊ के लिए।' उसने किंचित लाड़ भरे स्वर में कहा।

उसने कोई जवाब नहीं दिया। मुस्कराती रही, हौले-हौले।

—बहुत खुश हो। चक्कर क्या है ? हाँ। तुम आज कालेज जरूर चली जाना। वहीं मिल लेना लालाजी से।'

वह चुप रही थोड़ी देर। फिर बोली, एक-एक शब्द सोचकर। जोर देकर—मानो इस संवाद को वह मन में बहुत देर से तैयार कर रही हो, —'सुधीश, तुम ठीक कहते हो। मुझे नौकरी करनी ही चाहिए। जरूर करूँगी मैं···।'

—'गुड···यार। तुम समझती हो बात को, मगर जरा देर से', और बेसब्री के साथ एकदम खड़ा हो गया। जीप का हार्न सुन लिया था उसने।

—अच्छा। मैं चला। ओ० के०। तीन-चार दिन तो लग ही जायेंगे। मैं मामला निपटाकर ही लौटूंगा। दो-एक दिन देर हो जाय तो फिक्र मत करना डियर ··और, अपना ख्याल रखना···'

अपना ब्रीफकेस उठाकर तेज-तेज कदमों से वह चल दिया। सुजाता उसके पीछे-पीछे बाहर दरवाजे तक आई। उसने तो अभी अपनी बात पूरी भी नहीं की थी और सुधीश चल दिया। हमेशा की तरह जल्दी। वह जीप में बैठ चुका था। जीप पीछे हुई और मुड़कर तेजी के साथ

निकल गई। सुधीश ने जेब से काला चश्मा निकाल कर आँखों पर चढ़ा लिया था।

धूल का एक गोला जो तेजी से ऊपर उठा था अब धीरे-धीरे बैठ रहा था। सुजाता दरवाजे के पल्ले पर हाथ धरे खड़ी थी। जीप का अब नामोंनिशान नहीं था। एक हल्की-सी लकीर—धुंधली होती हुई—बस।

सुजाता याद कर रही थी। उसे सुधीश से बहुत कुछ कहना था।

— हाँ। मैं नौकरी करूँगी—अपने पैरों पर खड़े होने के लिये। मैं खुद को इस लायक बनाऊँगी। लेकिन अपने तरीके से। आज नौकरी के लिए मैं लाला हरदयाल तेल मिल वाले से मिलूं। अच्छी-अच्छी बातें करके उसे प्रभावित करूँ। कल किसी और काम के लिए किसी और से मिलूं ··परसों और बड़े काम के लिए किसी और से। तुम्हारी रफ्तार बहुत तेज है सुधीश। मैं तो गिर पड़ूँगी। मैं नौकरी करूँगी जरूर लेकिन तुम्हारे ऐशो आराम—तुम्हारी महत्वाकांक्षा के रास्ते को पुख्ता करने के लिए नहीं। बल्कि अपने पैरों को मजबूत बनाने के लिए। न जाने कब कैसी जरूरत आ पड़े···।

अब तो सुधीश के आने पर फिर से सब दुहराना पड़ेगा। पता नहीं, ठीक से कह भी पायेगी यह सब उसके सामने? सचमुच सुधीश, तुमने तो मेरा आत्मविश्वास ही डिगा दिया है।

राम संजीवन बाहर बरामदे में झाड़ू लगाने आ गया। वह उसके हटने का इन्तजार कर रहा था।

—'राम संजीवन, तुम्हारी नौकरी पक्की हुई या नहीं।'

—'नहीं बीबी जी। अभी तो डेली वेज पर ही हूँ।'

सुजाता को चुप खड़ा देख वह अच्छा मौका समझकर बोल उठा—'आप सिफारिश कर दीजिए न साहब से। पक्का करवा दें मुझे। आपका अहसान कभी नहीं भूलूंगा बीबी जी—हमेशा आपकी सेवा करता रहूँगा'—उसने झाड़ू छोड़कर दोनों हाथ जोड़ दिये।

—'हा जायेगा—हो जायेगा राम संजीवन। सब ठीक हो जायेगा।' सुजाता ने उसे ऊपर से नीचे तक देखते हुए कहा। बेचारा सरकारी नौकरी

के चक्कर में सवेरे से शाम तक घर में खटता रहता है।

थोड़ी देर बाद सुजाता बाहर आयी। कुछ नोट दबे थे उसकी मुट्ठी में।

—'राम संजीवन, ये लो रुपये।'

—'काहे के लिए बीबी जी।...'

—'देखो, कल से यह बड़े-बड़े जूते पहन कर मेरे सामने मत आना तुम। आज ही बाजार जाकर एक जोड़ी चप्पल लाओ या दूसरे जूते लाओ, अपनी नाप के। समझे।' खासे रौब के साथ बोली वह।

राम संजीवन ने अपने जूतों पर नजर डाली—और वह शरमा गया।

—'बड़े साहब ने दिये थे बीबी जी—तकलीफ तो मुझे भी होती थी पर—अब चप्पल ले आऊँगा अपने लिए। आज ही ले आऊँगा जी।' इस अप्रत्याशित भेंट से चकित था वह।

उसके चेहरे की चमक देखकर सुजाता को लगा जैसे उसके अपने पैर भी हल्के हो गये हों। गलत नम्बर का जूता लाख खूबसूरत हो, कितना ही महंगा हो कभी आरामदेह नहीं हो सकता। कूदते-फाँदते रहिए या भटर-भटर करते हुए चलिए जिन्दगी भर—राम संजीवन की तरह।

चांदनी के फूल

तीन दिन हो गए थे उसे नीना के भइया भाभी के साथ उनके परिवार में रहते हुए। नीना उसकी घनिष्ठ मित्र थी लेकिन उसके परिवार वाले, नितान्त अपरिचित। यह अच्छा ही हुआ कि वह उनका पता और नीना की चिट्ठी लेकर आयी थी वरना सचमुच परेशानी में पड़ जाती।

इस पहाड़ी जगह पर उसका तबादला हो गया था। यहाँ आने पर पता चला कि इस जगह शराब बन्दी आन्दोलन बहुत तेज हो गया था। कालेजों के नौजवान लड़के-लड़कियां भी शामिल होने लगे तो सभी स्कूल-कालेज एक महीने के लिए बन्द कर दिये गये। सरकारी आदेश के मुताबिक उसे तुरन्त ड्यूटी पर आना था और जॉइन करना था। उसे बहुत कोफ्त हुई। एक ओर कालेज बन्द करने के आदेश और दूसरी ओर तुरन्त काम पर पहुँचने के। नयी जगह, अनजाना माहौल, अपरिचित लोग। तिस पर कोई काम नहीं। समय काटना ही एक बड़ी समस्या।

कालेज में प्रिंसिपल ने बताया कि उसके रहने की व्यवस्था फिलहाल नहीं हो पाएगी। हॉस्टल बन्द है तथा अधिकतर लोग छुट्टी पर हैं। प्रिंसिपल के साथ रहने की बजाय उसने नीना के भइया के परिवार के साथ रहना ही ज्यादा बेहतर समझा। दो-तीन दिन तो चल गया लेकिन वह उन लोगों के साथ भी ज्यादा दिन नहीं रह सकती। मकान में जगह कम, परिवार बड़ा। हर समय बच्चों की किच-मिच। अकेले रहते-रहते आदतें बहुत खराब हो जाती हैं। पच्चीस साल हो गये उसे इसी तरह अकेले रहते और नौकरी करते हुए। सरकारी नौकरी के यूँ तो बहुत फायदे हैं लेकिन ये रोज-रोज के तबादले बहुत हैरान करते हैं।

शुरू-शुरू में वह इस ख्याल से बहुत रोमांचित होती कि हर दो-तीन साल बाद नयी-नयी जगहों में जाना होगा। नये-नये लोग मिलेंगे। न जाने लोग कैसे सारी जिन्दगी एक ही माहौल में गुजार देते हैं। रोज वही चेहरे, वही बातें, वही आदतें। वह बहुत जल्दी ऊब महसूस करने लगती है और एक छटपटाहट उसके भीतर पैदा होने लगती हैं। चलो—कहीं···और···दूर कहीं अनजानी जगह पर···यह सिलसिला चलता रहता है। पिछले कई वर्षों से ऐसा ही चलता चला आ रहा है।

लेकिन अब लगता है वह अपने आप को धोखा दे रही है। मन के भीतर की गहराइयों में वह थकन महसूस करने लगी है। वह अब विश्राम चाहती है। तूफानी समुद्र की तरह कब तक उमड़ती रहेगी। परिचित नजरों की पहचान भरी ऊष्मा को महसूस करने की चाह उसमें बलवती होती जा रही है। यह अन्तरंग ताप, यह स्नेहिल आँखों के घेरे उसे हर रोज कैसे मिलेंगे यदि ऐसे ही जिन्दगी भर वह दौड़ती-भागती रही। किसी को अपनाने की चाह, किसी को अपने भीतर समेट लेने की, किसी समुद्र जैसी छाती में सिमट जाने की इच्छा, तूफानी लहर का रूप धारण करती जा रही है। उसे डर है कि वह वेगवती लहर उसे कहीं बहा न ले जाय। आवारा लहर उसे कहीं पटक न दे किसी निर्जन टापू में—रेतीले सुनसान किनारे पर या किसी बीहड़ में।

कितनी दूर सोचने लगी वह? यह जगह तो खुद उसी ने पसन्द की थी। यह पहाड़ी इलाका बहुत खूबसूरत है। इससे पहले पहाड़ों पर वह सिर्फ घूमने गई थी। अब की उसने सोचा कि जिन्दगी का एक छोटा हिस्सा पहाड़ों के नाम ही सही। क्या पता उसके मन को जिस ठहराव की तलाश है—पहाड़ों के शिला खण्डों के बीच मिल जाय। मन भी एक छलावा है। कभी अपना भेद नहीं देता। कब, कौन-सी राह पसन्द आ जाय, कहा नहीं जा सकता। जिस रास्ते पर चलते-चलते जिन्दगी बीत गई, कब अचानक मन कह बैठे कि नहीं! यह तो तेरी राह नहीं।

बहरहाल! उसकी तीव्र इच्छा और अपने यहाँ सुविधाओं के अभाव को देखते हुए नीना के विमल भाई ने अस्थाई रूप से एक आवास व्यवस्था

करा दी । यह नया आवास एक बड़े गेस्ट हाउस का काटेज था । काफी दौड़-भाग और सिफारिशों के बाद विमल भाई एक हफ्ते के लिए उसकी व्यवस्था करा सके थे ।

अपने नये घर के लिए शाम को ही चल दी । भाभी ने बहुत रोका कि कल सवेरे चली जाना, लेकिन उसने सोचा कि जब जाना ही है तो फिर देर करने से क्या फायदा ।

आगे-आगे वह और विमल भाई थे । उसके पीछे एक पहाड़ीकुली डोट्याल पीठ पर सामान लादे चल रहा था ।

साँवली शाम पहाड़ी शिखरों से नीचे उतरने लगी थी । पर्त-दर-पर्त-धुँधलका गहरा रहा था । दूर बाजार की बेतरतीब रोशनी, सुरमई हवाओं में सितारों की तरह जहाँ-तहाँ छिटकी पड़ी थी । पहाड़ों के ऊँचे-नीचे मकानों की वजह से न तो अँधेरे की पर्तों में और न रोशनी की चिन्दियों में एकरूपता थी । सभी आपस में गुँथे हुए से थे ।

धीरे-धीरे रोशनियों का सिलसिला कम होने लगा । वे लोग एक पगडण्डी से ऊपर की ओर चढ़ने लगे । यही रास्ता कैण्ट एरिया की तरफ जाता, जहाँ उसका काटेज था ।

चढ़ाई काफी सीधी थी । उसे लगा कि उसकी साँस फूल रही है । विमल भाई उसे पिछले दिनों शराब की दुकानों पर दिए जाने वाले धरनों और झगड़ों के किस्से सुना रहे थे, लेकिन उसका ध्यान कहीं और था । पगडण्डी के दोनों ओर मकान थे । बीच-बीच में कोई छोटी-सी दुकान या चाय का खोखा । अब पगडण्डी खत्म हो गई थी और वह लोग खुली सड़क पर आ गए थे । सड़क पूरे तौर पर अंधेरी थी । कभी-कभी किसी ऊँचाई से कोई रोशनी का कतरा अँधेरे की भीड़ को चकमा देकर उस ओर आ जाता और कुछ दीखने का आभास होने लगता । रोशनी के नाम पर टार्च की गोलाई भर थी जो उनके आगे-आगे रेंग रही थी । विमल भाई और वह डोट्याल बिना किसी रुकावट के लगातार चलते चले जा रहे थे ।

अब सड़क के दोनों ओर ऊँचे-ऊँचे घने पेड़ थे । जैसे-जैसे शाम गहरा रही थी, पेड़ों की हलचल तेज होती जा रही थी । तेज हवा का आभास

तो नहीं होता था, लेकिन ऐसा लगता मानो पेड़ों के ऊपरी हिस्से जोर-जोर से आपस में टकरा रहे हैं। क्रुद्ध हाथी की तरह चिंघाड़ रहे हैं। एक जगह तो उसे लगने लगा कि शायद तूफान आ रहा है। उसने पूछ ही लिया।

—'कितना शोर है ? आँधी-तूफान के आसार तो नहीं हैं कहीं ?'

—'अरे नहीं।' विमल भाई हँसे। 'देखिए आसमान साफ है।'

उसने ऊपर नजर डाली। आसमान निपट काला घोर अँधेरे में डूबा था।

—'दरअसल ये चारों ओर चीड़ और देवदार के पेड़ हैं। आपने देखा नहीं हम लोग कितनी ऊँचाई पर आ गए हैं। वह देखिए वो रहा आपका काटेज।'

कहीं दूर इंगित किया उन्होंने जो उसकी समझ में नहीं आया।

—'और देखिए। इधर आकर देखिए, कितनी नीची घाटी है। ऊपर जंगल और नीचे घाटी। इसीलिए तो यह बेइन्तहा शोर है।'

उसने धीरे से नीचे देखा। सचमुच नीचे मीलों गहरी घाटी। टार्च का प्रकाश तो इस घाटी में घुसते ही न जाने कहाँ किस गहराई में डूब गया ? घाटी कितनी भयानक लग रही थी इस वक्त। ठोस अँधेरे का शिलाखण्ड।

ऐसी ही एक घाटी उसने परसों देखी थी। तब दोपहर का वक्त था। हवाएँ संतुलित थीं। आसमान चटख नीला स्फटिक जैसा था। ऐसे में उसने घाटी देखी थी—हरियाली से लदी—ताजगी से भरी। शुभ्र धवल बादलों को घाटी में दौड़ते-भागते उसने देखा था। बादल थे या सफेद हंसों के झुण्ड जो ऊपर से तैरते-उतरते आ रहे थे और घाटी में समा जाते थे। मस्ती से अठखेलियाँ करते, एक दूसरे का पीछा करते मानो आँख मिचौली खेल रहे हों।

और इस वक्त ! यह घाटी मानो मौत का कुआँ हो। अँधेरी काली घाटी। अगर जरा-सा कहीं असावधानी हो जाय, उसका पैर फिसल जाय तो क्या होगा ? इस जिन्दगी का, इस अदभुत क्षण का क्या बनेगा ?

वह सिहर उठी। एक तो पूरे वातावरण की भयावहता। चीड़ के

पेड़ों का तूफानी गर्जन । अँधेरे में डूबा वातावरण और मौत की संभावना, इतनी करीब इतनी आसान । एक सर्द लहर उसके पूरे शरीर में दौड़ गयी बिजली के करण्ट की तरह ।

उसने तेजी से कदम बढ़ाये । तभी उसकी नजर घाटी के किनारे पर पड़ी । ये सितारे जैसे क्या चमक रहे हैं, दपदपाते-जलते-बुझते । इस चमक ने अभी कुछ क्षण पहले की उस भयावह अनुभूति को आगे सरका दिया । कुछ राहत महसूस करते हुए वह कुछ कदम आगे बढ़ी । उस शिलाखण्ड के पीछे ही तो थे वह सितारे । सफेद गुच्छ-गुच्छ फूल । हवा के शोर से अनभिज्ञ । शोर को मुंह चिढ़ाते हौले-हौले डोलते-झूमते सफेद चाँदनी जैसे फूल ।

—'कितने सुन्दर फूल हैं ।' वह झुक गई उन फूलों पर । सहलाया—धीरे से उन्हें थपकाया । कैसी मजबूती से खड़े हैं ये छोटे फूल । इस जंगल की तेज हवाओं का, इस भयानक गर्जन का इन पर कोई असर ही नहीं । उसकी नजर आगे गई । नजर जहाँ तक खत्म ही न हो वहाँ तक फैली थी यह चाँदनी की लकीर—अँधेरे को चीरती आशा की किरण की तरह । जिन्दगी की राह जैसी । वह मन्त्रमुग्ध-सी रह गई ।

—'अरे आप तो लगता है सो गईं । उठिए न । यह डोट्याल ऐसे कब तक खड़ा रहेगा ?'

—'विमल भाई, यह सब कितना सुन्दर है—अप्रतिम । यह अँधेरा, यह पेड़ों का तूफानी शोर और इन सबके बीच ये सफेद फूलों की कतार । प्रकृति कितना सौन्दर्य समेटे है अपने में ।'

—'आप तो सचमुच कविता करने लगीं ।' विमल भाई ठहाका मार कर हँसे । नीना ने बताया था मुझे कि आप कविताएँ लिखती हैं । ऐसा तो आपको अब रोज ही देखने को मिलेगा । कितनी अजीब बात है । हम लोग तो रोज ही यह सब देखते हैं लेकिन हमें ऐसा कभी महसूस नहीं हुआ ।'

वह अनमनी-सी उठकर चल दी । वह सोच रही थी कि विमल भाई, नजर चाहिए देखने के लिए, जज्बा चाहिए चीजों को महसूस करने के लिये । कितना कुछ हमें जिन्दगी देती है । समुद्र भर देती है हमारी

अंजुरी में और हम हैं कि कृपण की भाँति बूंद का एक कतरा ही मुट्ठी में भींचे रह जाते हैं और समुद्र यूँ ही निकल कर सामने से बह जाता है। छोटी-छोटी पथरीली आकांक्षाओं के लिए सारी जिन्दगी कामनाओं के रेगिस्तान में भटकते रहते हैं। कितनी शान्ति है यहाँ। चारों ओर कुछ नहीं—कोई परिचित-अपरिचित नहीं ! इच्छा-अनिच्छा नहीं। ये ऊँचे—घने दरख्त। हलचल भरे। अपने चारों ओर समुद्र बिखेरे। नीचे डूबती जाती कभी न खत्म होती घाटी जो कभी अपनी गोद में बादलों को सफेद रुई के गाले में लपेट प्यार से ऊपर उछालती है और फिर गोद में समेट लेती है। पूरा वातावरण वात्सल्य से सराबोर हो जाता है। यही घाटी कभी सारी दुनिया का अंधेरा अपने अन्तर में समेट अपने रास्ते पर चाँदनी के फूलों की कतार उगा देती है—जिन्दगी की आशाओं का संकेत देती है। इस निर्जन में आसमान शान्त है लेकिन हवा दरख्तों से होकर आती हुई उसका सन्देश चीख-चीखकर कह रही है, सब कुछ बता रही है लेकिन कोई सुने तो।

उसका मन खुशी से झूम उठा। ऐसा लगा कि वह थोड़ी देर के लिए सबको भूल गई है—उसका कालेज, विमल भाई, वह कुली, गेस्ट हाउस का काटेज—इस अँधेरे अनजान रास्ते ने उसे जिन्दगी का कौन-सा रहस्य समझा दिया? क्या दे दिया उसे अचानक ? कौन कहता है कि वह इधर-उधर भटक रही है—कि वह बुढ़ा रही है—कि वह अकेली है। उसके पास तो अथाह भण्डार है। समुद्र लहरा रहा है उसके चारों ओर—वह कितना कुछ भर पाती है अपनी झोली में···।

नतीजा

बस से उतरकर लगभग दो फर्लांग का रास्ता था। इण्टरव्यू इसी आलीशान इमारत के भीतर आफिस में होना था। कल शाम इधर से गुजरते हुए उसने देखा था कि बिल्डिंग की चोटी पर 'सीको' के अंग्रेजी में बड़े-बड़े अक्षर नियॉन लाइट में जगमगा रहे थे।

बड़ा-सा फाटक. उसके पास की दीवार पर अंग्रेजी में 'इन' खुदा हुआ था। कुछेक लोग बाहर-भीतर आ-जा रहे थे। अन्दर घुसने पर चौड़ी सड़क आगे जाकर दो हिस्सों में हो गई थी। एक लम्बा-सीधा रास्ता जो मुख्य बिल्डिंग के पीछे के हिस्से को तथा दूसरा गोल घूमता हुआ दूसरे सिरे पर। घूमे हुए रास्ते के बीच में फैला हरा मखमली लॉन जो चारों ओर रंग-बिरंगे फूलों की दो-तीन कतारों से घिरा हुआ था। अन्दर थोड़ी-थोड़ी दूरी पर कुछ हिस्से गुलाबों से भरे थे। पोर्टिको के अन्दर तथा बाहर गाड़ियाँ खड़ी थीं।

इस भव्यता को देखकर मन-ही-मन कुछ सकुचा-सा गया वह। भीतर जाने के लिए बड़ा-सा शीशे का दरवाजा जो एक बड़े हाल में खुल रहा था। हल्का-सा धक्का देने पर खामोशी के साथ खुल गया। अन्दर घुसने पर पहला कदम रख कर ज्यों ही दूसरा कदम आगे बढ़ाया कि अचानक वह लड़खड़ाया लेकिन फौरन ही संभल गया। फर्श काली-सफेद बुंदियों वाले मुजैक का बेहद साफ और चमकीला। चिकना तो इतना ज्यादा कि जरा-सी बेख्याली में आदमी चारों खाने चित्त हो जाए। सावधानी से जमा-जमा कर पैर रखता हुआ वह उस ओर गया जहाँ सोफे पर दो नौजवान लड़के बैठे थे। दोनों एक दूसरे की उपस्थिति से बेखबर।

—'एक्सक्यूज मी, सीको के···'

उस नवयुवक ने बिना कुछ बोले बाईं ओर कारीडोर के पास बैठे आदमी की ओर इशारा किया। वह अधेड़-सा आदमी सूट-बूट पहने, चश्मा लगाये कागजों की जाँच-पड़ताल कर रहा था। गिर न पड़ने की सावधानी की वजह से वह अब तक उस ओर देख ही नहीं पाया था। धीमे-धीमे पैर रखता वह उसके पास गया।

—गुड मॉर्निंग सर।

और अपना इण्टरव्यू लेटर निकाल कर मेज पर रख दिया। उसने लेटर लेकर एक भरपूर नज़र उस पर डाली और सामने पड़े कागज पर कुछ लिख कर सर हिला दिया। वापस वहीं, उन लड़कों के पास एक दूसरे सोफे पर वह भी बैठ गया।

अब तक वह काफी सहज हो गया था। इण्टरव्यू लेटर देखने वाले के पीछे ही कारीडोर के सिरे पर आफिसनुमा कमरा था, जिसमें अभी-अभी वह आदमी गया था और जिसके कमरे के बाहर तख्ती लगी थी, 'आफिस सुपरिंटेंडेंट—सीको सिंथेटिक्स।'

सफेद तख्ती पर काले चमकते अक्षर। हाल के बिल्कुल दूसरे सिरे पर, कारीडोर के ही समान्तर ऊपर को सीढ़ियाँ थीं। इस बड़े व्यापारिक प्रतिष्ठान के मुख्य कार्यालय तथा अधिकारियों के कमरे ऊपर की मंजिलों पर ही थे।

उसने घड़ी पर नज़र डाली। सवा दस हो रहे थे। इस बीच तीन-चार और इण्टरव्यू देने वाले आ गये थे। सभी नौजवान लड़के। उसने देखा लगभग सभी लोग थोड़ा-बहुत लड़खड़ाते जरूर थे अन्दर आते हुए और फिर दुष्ट फर्श को घूरते हुए सँभल-सँभल कर चलते। इतने लोगों में सिर्फ एक ही नया आने वाला गिरा था। हाथ-पैर फैलाकर चित लेकिन उसे देखकर कोई हँसा नहीं। सब इधर-उधर नजरें घुमाते निर्विकार थे। वैसे वहाँ रोज काम करने वाले और आने-जाने वाले लोग उस चिकने फर्श के खूब अभ्यस्त थे। एक जमादार उसी समय आकर एक वार फिर फर्श पोंछ गया था।

एक गाड़ी तभी बाहर आई। वर्दी में लैस चुस्त ड्राइवर ने फौरन

दरवाजा खोला और साहब ने अन्दर प्रवेश किया। वह अधेड़ आफिस सुपरिंटेंडेंट भी खड़ा हो गया था।

—'गुड मार्निंग सर,' उसने चश्मा सँभालते हुए सिर झुका लिया था।

साहब ने संभवतः धीरे से सर हिलाया था जो किसी ने नहीं देखा और मंथर गति से बिना किसी ओर देखे कारीडोर की ओर चले गये। सभी लोग उस जांच-पड़ताल वाले अधेड़ बाबू का अनुसरण करते हुए अनायास ही खड़े हो गये थे। जाँच-पड़ताल बाबू अब चुस्ती के साथ बैठ गया था।

पाँच-सात मिनट के अन्तराल में एक के बाद दो और साहब आये। एक बहुत गोरे रंग के, लाल धारीदार शर्ट के साथ लाल टाई में अपनी खासी उम्र के बावजूद आकर्षक लग रहे थे। दूसरे वाले तो मुँह में सिगार दबाये तेज-तेज निकल गये।

—अभी कितनी देर है ?

—बोर्ड आफ डायरेक्टर्स के चेयरमैन साहब नहीं आये हैं—जाँच-पड़ताल बाबू ने बताया।

इस बीच एक नवयुवक और आ गया था। आकर्षक वेशभूषा—खासा स्मार्ट।

वह कुछ खलबली-सी महसूस करने लगा। उसकी नियुक्ति न हुई तो ? हालांकि लिखित परीक्षा में पहला नम्बर है उसका। फिर भी कोई भरोसा नहीं इन लोगों का। उसे सिगरेट की तलब महसूस हो रही थी। कभी-कभार ऐसे ही मौकों पर वह एकाध पी लेता है। जेबें टटोलीं। एक सिगरेट थी जेब में। यहाँ पीना ठीक है कि नहीं ? 'नहीं' वह बुद-बुदाया और हॉल से बाहर निकल आया। सिगरेट सुलगा धीरे-धीरे टहलता हुआ गेट के बाहर आ गया।

पाँच-दस मिनट चहलकदमी कर, वह फिर अन्दर आ गया। तभी एक लम्बी गाड़ी अन्दर को जाती दिखाई दी। वह भी तेज-तेज कदमों से हॉल की ओर चल दिया। एक भारी-भरकम शरीर अन्दर जा रहा था। पीछे से उसका गंजा सिर खूब चमक रहा था। वह अन्दर जाकर सोफे पर बैठ गया।

पास वाला लड़का अन्दर की ओर इशारा करता हुआ बोला— 'यही चेयरमैन हैं।'

वह चुप रहा। उसने अपना सिर सोफे पर टिका लिया। वक्त गुजर रहा था और अभी इण्टरव्यू शुरू नहीं हुआ था। उसने घड़ी देखी। साढ़े ग्यारह बजने को थे। इस हिसाब से तो कहीं शाम न हो जाय। लगभग दस-बारह लोग थे इण्टरव्यू के लिये। शाम उसे हर हालत में हास्पिटल पहुंचना था और बहुत से काम करने थे। वह उठ कर फिर चहलकदमी करने लगा।

—'मिस्टर अरविंद कुमार'—अधेड़ बाबू ने उनसे मुखातिब हो पुकारा।

—'येस।' वह स्मार्ट-सा लड़का खड़ा हो गया।

—प्लीज गो अप-स्टेयर्स। आप ऊपर जाइए।

उसने आफिस सुपरिंटेंडेंट के पास आकर अपना नम्बर देखा। उसका नम्बर पाँचवाँ था। उसने अब इण्टरव्यू के बारे में सोचना बन्द कर दिया। सोच-सोच कर तो बिना बात दिल धड़कने लगता है। यह उसका पहला इण्टरव्यू नहीं था। तीसरा था शायद लेकिन इतनी बड़ी जगह पर वह पहली बार आया था। इससे पहले स्थानीय कालिजों में लेक्चररशिप के लिए गया था। यहाँ इस इण्टरव्यू में हिंदी में तो क्या बात करेंगे ये साहब लोग। उसने सोचा दो एक वाक्य अंग्रेजी के वह सोच ले ताकि शुरुआत ठीक से हो जाय। शुरू में अगर कहीं वह हड़बड़ा जाता है तो बस, पूरा मामला ही गड़बड़ हो जाता है। वैसे अब ज्यादा न सोचा जाए तो ठीक है। कोई ठिकाना नहीं कि कहाँ से पूछ लें—क्या पूछ लें।

अरविंद कुमार लगभग पन्द्रह मिनट बाद वापस आये।

—'क्या-क्या पूछा आपसे उन लोगों ने।'

—'बस, इधर-उधर का—ऑल जनरल—' लापरवाही के अन्दाज में अरविंद कुमार ने कन्धे उचका दिये और सिगरेट सुलगाने में व्यस्त हो गया।

वह फिर अपनी जगह पर आकर बैठ गया। कुछ समझ नहीं आया तो कंधे से लटका अपना थैला गोद में रख लिया और उसमें से अपने

सर्टिफिकेट निकाल कर उन्हें जाँचने लगा। फिर अच्छी तरह एक-एक सहेज कर वापस थैले के अन्दर ही रख दिये। अचानक उसे लगा वह अपनी उँगलियाँ चटखा रहा है। वह झेंप-सा गया और हाथ नीचे कर सीधा होकर बैठ गया।

ब्लड बैंक तो वह अब कल सवेरे ही जा पायेगा। रात चाचा के पास जाना भी जरूरी है। चाचा कुछ मदद कर दें तो अच्छा है वरना कम-से-कम सात आठ सौ का इन्तजाम तो उसे कहीं न कहीं से तुरन्त ही करना पड़ेगा। पिछले दो सालों से माँ-बेटा दोनों का काम उसी के स्कालरशिप से चल रहा है। क्या मुसीबत है? अब जब समय आ रहा था कि वह इस लायक बनता कि कुछ कर सकता माँ के लिये तो वह बिस्तर से लग कर मरने को हो गयी है। उसे तो हर हालत में बचाना है। कुछ दिन तो माँ सुख और आराम से जिये···।

—'मिस्टर मधुकर···।'

—'यस सर' वह किंचित हड़बड़ा-सा उठ खड़ा हुआ और तेजी से ऊपर की ओर चल दिया। तभी चिकने फर्श का ख्याल आया और वह सावधानी से कदम रखने लगा।

ऊपर दरवाजे पर बैंठे चपरासी ने उसे देख कर दरवाजा खोल दिया। एक क्षण वह ठिठका आज्ञा लेने के से अन्दाज में और फिर अपनी चाल को भरसक स्वाभाविक बनाता हुआ वह अन्दर चला गया।

ठंडा वातानुकूलित कमरा। सिहरन हुई। आठ जोड़ी आँखें उसकी ओर मुखातिब थीं। गंजे सिर वाले चेयरमैन साहब ने एक नजर उस पर डाली और फिर पास रखे कागजों में व्यस्त हो गये। टाई वाले साहब ने उसे सामने कुर्सी पर बैठने का इशारा किया।

—थैंक्यू सर।

—हूँ—ऽऽऽऽ—चेयरमैन साहब ने हुंकारी-सी भरी।

—'मिस्टर मधुकर'—दूसरे साहब ने मुँह से सिगार निकाल लिया था।

—'यू टॉप्ड द लिस्ट इन रिटिन टैस्ट। सबसे ज्यादा नम्बर आपके ही हैं।'

—'येस सर', वह उल्लसित हुआ।

उन लोगों ने उससे प्रश्न पूछने शुरू किये। सिगार वाले तथा लाल टाई वाले शायद प्रतिष्ठान के तकनीकी विशेषज्ञ थे। उन्होंने उसके विषय पर पूछना शुरू किया। अपना विषय। उसमें वह कहीं भी कम नहीं था।

उसने दो साल पहले एम० एस-सी० किया था। बी० एस-सी० तक कभी ट्यूशन, कभी छोटे-मोटे वजीफों के सहारे ही पढ़ता रहा। थोड़ा बहुत इधर-उधर के काम करके, कभी कपड़ों की सिलाई, तो कभी जाड़ों में स्वेटर बुन कर उसकी माँ भी कुछ न कुछ कमाती रही। पिछले तीन साल से लगातार माँ की सेहत गिरती जा रही थी और अब तो पूरी तरह से उसने खाट पकड़ ली है। इन्हीं चक्करों में वह एम० एस-सी० में बहुत मुश्किलों से अपनी डिवीजन बचा पाया। कुछ लोगों की मेहरबानी से उसे रिसर्च में दाखिले के साथ-साथ एक स्कीम के तहत स्कॉलरशिप मिल गया। लेकिन इस वजीफे ने भी उसकी मिट्टी खराब कर दी। सारा दिन प्रयोगशाला में गुजारने के बाद सबेरे शाम सुपर-वाइज़र के घर पर हाजिरी दो। उनके घर की, बाहर की सारी बेगार करो। कितनी बार सोचा कि एक आध ट्यूशन और पकड़ ले लेकिन फिर इस लायक नहीं रह जाता कि कुछ और कर सके। इसीलिए उसने सोचा कि जल्दी से जल्दी कोई नौकरी मिले तो झंझट कटे। सीको के एक्जीक्यूटिव आफिसर के लिए जब जगहें निकलीं तो उसने रात-दिन एक कर दिये और जुट कर इम्तहान दिया। नतीजा, लिस्ट में उसका पहला नाम था। करीब पाँच सौ लोगों में पहला। जब इण्टरव्यू में भी उन लोगों ने उन्हीं विषयों में सवाल पूछने शुरू किये तो फिर वह पीछे कैसे रहता। उसका आत्मविश्वास जम रहा था और बहुत सहज रूप से उनके सामने बैठा वह जवाब दे रहा था। काफी देर बाद कुछ इधर-उधर सामान्य ज्ञान के सवाल तीसरे आदमी ने पूछे। इस दौरान चेयर-मैन कुछ भी नहीं बोला। सिर्फ उसका गंजा सिर अक्सर हिल जाता था मानो वह इस पूरी बातचीत से सहमत हो।

लगभग आधे घंटे बाद उसकी छुट्टी हुई। वह वापस अपनी जगह पर

आकर बैठ गया।

—'बहुत समय लिया उन्होंने आपके साथ'—उदासीन-सा लगने वाला लड़का उससे कह रहा था।

—'ये ऽ ऽ स।' और वह भी अनायास कंधे उचका कर हंस दिया।

इण्टरव्यू देने वाला आखिरी लड़का नीचे उतर कर आ चुका था। उसके पीछे कागज जाँचने वाला बाबू भी।

—आप सब लोग जा सकते हैं। मिस्टर मधुकर एण्ड मिस्टर अरविंद कुमार, प्लीज स्टे। आप दोनों रुक जाइये।

मिस्टर मधुकर—उसका दिल जोर-जोर से धड़कने लगा। अरविंद कुमार वही पहला वाला लड़का था, स्मार्ट-सा। तब तो पक्की है यह नौकरी। उसका मन गहरी खुशी के साथ-साथ एक तेज उत्तेजना से भर गया। लिखित परीक्षा में सबसे ज्यादा नम्बर पाने पर भी उसे वास्तव में पक्का विश्वास नहीं था कि इस बड़े व्यापारिक प्रतिष्ठान में वह नौकरी पा लेगा। बिना सिफारिश भला आजकल कहीं नौकरी मिलती है? श्रीराम डिग्री कालिज में इण्टरव्यू के लिए गया था। मैंनेजमेंट की अपनी ही जाति का एक उम्मीदवार लगभग तय था जिसे वहाँ लेना था। उसको काटने के लिए ऐसी बात ढूंढ़ कर निकाली कि बस—'मधुकर साहब, आपकी पर्सनेलिटी बहुत अच्छी नहीं। आप तो कतई लेक्चरार जैसे नहीं लगेंगे।' उन महानुभावों से पूछो कि आठ सौ रुपयों में परिवार पले, उसी में उसकी माँ का इलाज, दवा-दारू हो, और फिर वह पर्स-नेलिटी भी बना ले। वह समझ गया कि उसे यहाँ नहीं लेना है। फिर वह चुप क्यों रहे—'सर, जिस दिन अपने वजीफे से नहीं, आप लोगों की तरह किसी बिजनेस से अपना परिवार पलेगा, उस दिन से पर्सनेलिटी भी बनने लगेगी—' और चिक उठा कर बाहर निकल आया था लेकिन अब इतनी बड़ी जगह। पूरे हिन्दुस्तान में फैला है सीको का व्यापार। विदेशों में कितने ही एक्सपोर्ट-इम्पोर्ट के केन्द्र हैं। सिंथेटिक धागा, कपड़ा मिलें, इंजिनियरिंग का सामान, घी, तेल, साबुन—क्या नहीं

बनाते हैं ये लोग। लेकिन मान गये साहब। योग्यता भी कोई चीज होती है। भला बताओ कितने मामूली घर का लड़का न आकर्षक पर्सनेलिटी और न कान्वेन्ट के लड़कों की तरह धड़ाधड़ लटकेदार अंग्रेजी। खैर, वह तो जगह और काम सब सिखा देता है।

इस व्यापारिक प्रतिष्ठान के प्रति उसे श्रद्धा-सी होने लगी। पिछले दिनों दूसरे राज्य में इसी की एक शाखा के मजदूरों पर गोली चली थी। जाँच कमीशन बैठा। काफी समय बीत गया था। उसे तो इण्टरव्यू होने की भी उम्मीद नहीं रही थी। लेकिन इण्टरव्यू भी हुआ और उस जैसे मामूली, बिना सिफारिश वाले को उन्होंने चुन भी लिया। योग्यता ही तो देखी। इन बड़े प्राइवेट बिजनेस प्रतिष्ठानों में नौकरी की इच्छा आज ज्यादातर पढ़े-लिखे नौजवान लड़कों की होती है। इस पोस्ट में तो ज्यादा काम देखभाल, एडमिनिस्ट्रेशन का ही है। पी-एच० डी० करके ही क्या कर लेगा। एक से एक डाक्टरेटधारी मारे-मारे फिरते हैं। एक साल की ट्रेनिंग में बारह सौ रुपया माहवार और फिर सीधे ढाई हजार से शुरुआत। मन खुशी में डूबा न जाने कहाँ-कहाँ घूमने लगा।

—'मिस्टर मधुकर···' जाँच-पड़ताल वाला अधेड़ बाबू उसे फिर ऊपर जाने को कह रहा था, काफी आत्मीयता और इज्जत के साथ या पता नहीं उसे ही ऐसा लग रहा था। कभी-कभी किस तेजी से चारों ओर की चीजें बदल जाती हैं।

अब की बार वह प्रसन्नचित अन्दर घुसा। सर झुका कर अभिवादन करना भी नहीं भूला। यह उसका भ्रम नहीं था। वे लोग सचमुच काफी आत्मीयता ओढ़े हुए थे। बात गंजे सिर वाले ने ही शुरू की।

—मिस्टर मधुकर, आई कांग्रेचुलेट यू फार योर परफारमेंस। बहुत बढ़िया।

—थैंक्यू सर।

वे उसे काम के बारे में समझाने लगे। काफी कुछ तो सिर के ऊपर से ही निकल रहा था। कमबख्त खुशी के मारे दिमाग ठीक से काम नहीं कर रहा था। वे कड़े एडमिनिस्ट्रेशन बरतने के लिए और पूरी लगन और मेहनत से काम करने के लिए कह रहे थे। खैर, मेहनत से

कौन घबराता है। उसने हमेशा ही बड़ी मेहनत की है। उसी की बदौलत यहाँ है। फिर उन लोगों ने मजदूरों और उनकी हड़तालों पर बात शुरू की।

—वैल, मिस्टर मधुकर, व्हाट्स योर ओपीनियन अबाउट लेबर अनरेस्ट। मजदूरों की समस्या पर आपकी क्या राय है?

—सर, इट सर्टेनली अफेक्ट्स प्रोडक्शन एण्ड वेरी हार्मफुल फार नेशनल प्रोग्रेस···वह चार पाँच वाक्य धड़ाधड़ श्रमिक समस्या पर बोल गया मानो कालिज की वाद-विवाद प्रतियोगिता में बोल रहा हो। सभी ने उसके साथ सिर हिलाया। सिगार वाले साहब ने अपना सिगार निकाल कर अलग रख दिया था। वे अपना सिर उसकी ओर झुका कर उसे अब धीरे-धीरे समझा रहे थे।

—लेबर ट्रबल बहुत बढ़ रहा है। इन चीजों को सावधानी से, टैक्टफुली डील करने में आसानी होती है। देखने में लगता है कि उनकी माँगें ठीक हैं पर उद्योग तो ऐसे नहीं चल सकते। उसे रोकने की कोशिश करनी पड़ेगी'···

—ठीक है। करेगा सब। मेहनत करेगा, टैक्ट से काम लेगा··· लेबर प्रॉब्लम से भी निपटेगा · सब करेगा···।

—आल राइट मिस्टर मधुकर। आप कल या परसों आइए और रिपोर्ट कीजिए इसी आफिस में। बोर्ड ऑफ डायरेक्टर्स की मीटिंग चलेगी दो दिन। हम आपको वहाँ इन्ट्रड्यूस करना चाहेंगे। सभी लोगों से आपको मिलना होगा। यू कम ऑन टुमॉरो। कल आ जाइए आप।

—यस, टुमॉरो। ओ० के०। गंजे ने भी सहमति जताई और अपनी डायरी निकाल कर उसमें कुछ लिखने लगा।

—टुमॉरो यानी--कल— स्प्रिंग-सा कौंधा उसके दिमाग में।

उसने सोचा, कोई हर्ज नहीं है कहने में। बेचारे सब आत्मीय ही तो हैं। यह गंजा चेयरमैन तो सचमुच बहुत भला है।··· 'सर, फिक्स इट फार डे आफ्टर टुमॉरो। परसों हाजिर हो जाऊँगा, सर।' तभी चेयरमैन के माथे पर बल पड़ते देख वह कुछ घबरा गया—'कल, कल मेरी माँ का आपरेशन है सर, वेरी सीरियस आपरेशन।'

—व्हॉ ऽ ऽ ऽ ट ? क्या कहा ? गंजे चेयरमैन का चेहरा अब तक सचमुच फैल चुका था।

—'माँ का आपरेशन है'—सिगार वाले साहब ने सिगार मुँह में दबा कर किंचित हास्य के साथ दुहराया मानो मतलब समझा रहे हों। अन्य दो के चेहरों पर भी कुछ विस्मयता थी। नया लड़का, जिसकी अभी नियुक्ति होनी है, अपाइंटमेंट लेटर मिलना है, उसका इस तरह बात काटना शायद उनके गले नहीं उतरा।

अगले कुछ क्षण गहरे सन्नाटे में डूबे रहे।

गंजे चेयरमैन ने एक उड़ती-सी नजर सब के चेहरों पर डाली। फिर अपने बगल वाले की ओर देखा। उन साहब ने धीरे से आँख मूंद कर मानो अपना निर्णय बता दिया था।

गंजा चेयरमैन अब तनावरहित था। उसके होंठ धीरे-धीरे बेहद स्थिर और ठंडे स्वर में खुले।

—आय एम सॉरी मिस्टर मधुकर। योर अपाइंटमेंट इज कैंसिल्ड। अब आप आने की तकलीफ न करें।

बगल वाले साहब शायद कुछ उत्तेजित लग रहे थे। वे तेजी से बोले—यू नो, मेरी माँ डेथ बैड पर थी लेकिन लेबर ट्रबल मजदूर हड़ताल की वजह से मैं दो दिन की छुट्टी नहीं ले सका। वी डोंट वांट सच इमोशनल आफीसर्स। ऐसे भावुक अफसर नहीं चाहिए हमें। आप कैसे पूरी-पूरी फैक्टरी का, इंडस्ट्री का इन्तजाम चलायेंगे—इस तरह जज्बाती होकर।

सिगार वाले साहब ने धीरे से सर हिलाया। औरों के चेहरों पर भी सहमति का भाव था। बगल वाले साहब ने तेज नजरों से देखते हुए कहा।

—फिर सोच लीजिए। कल या फिर कभी नहीं।

—'सर-सर' वह हकला गया। उसका दिल चाहा वह चीख-चीख कर कहे - मैं परसों, कल जब कहो आ सकता हूँ, जैसे बुलाओ, जब बुलाओ आने को तैयार हूँ···लेकिन उसके मुँह से एक भी शब्द नहीं फूटा। वह फटी-फटी नजरों से बेवकूफ बना उन लोगों को देखता रहा।

—'सर'···। उसने एक बार फिर कोशिश की। वह कैसे समझाये उन्हें कि उस अकेली जान ने किस तरह उसे इतना बड़ा किया कि वह यहाँ बैठने लायक हुआ है। वह मरने को है— वह कल सारा दिन यहाँ कैसे गुजारे···

—'नो मिस्टर मधुकर।' गंजे ने अन्तिम रूप से सिर हिला दिया, 'आपके नीचे एक-एक यूनिट में हजार-हजार आदमी काम करेगा। रोज उनकी हड़ताल, उनके धरने। फैक्टरी में कभी किसी का हाथ टूटा तो किसी का पैर। कोई गिरा—कोई मरा—रोज नेता लोगों के धरने। आप तो लगता है खुद भी बैठ कर रोयेंगे उनके साथ। यू मे गो नाऊ प्लीज। आप जा सकते हैं—'

और फौरन मेज के नीचे से घंटी बजा दी। बुर्राक़ वर्दी में लेस चपरासी अन्दर आ गया था।

भन्नाता हुआ सिर लिए वह खड़ा हो गया। उसे समझ नहीं आ रहा था कि अचानक सब लोगों के चेहरे से वह आत्मीयता कहाँ गायब हो गयी। दरवाजे तक पहुँचते-पहुँचते उसके भीतर का मुर्दा सन्नाटा अब गुस्से की गर्मी से पिघलने लगा था। उसके दिमाग की नसें लगातार तन रही थीं। 'जानवर कहीं के'···बुदबुदाते हुए जोर से उसने दरवाजा ठेला और एक बार पीछे मुड़ कर देखा। स्प्रिंगदार दरवाजा बन्द हो चुका था। उसके मुँह का स्वाद न जाने कैसा अजीब-सा कसैला हो गया था। उसे लगा कि कहीं उसे उल्टी न हो जाय। पिच्च से ढेर सारा थूका और तेज-तेज धड़धड़ाता हुआ वह नीचे उतर आया।

□□